文芸社セレクション

危険教育

氷鉋　恵子
HIGANO Keiko

文芸社

登場人物

ウインスロウ・レイ　盲目の紳士
パティ・レイ　ウインスロウの妻
ガリス・ストーン　古生物学者
ギリアン　一人旅をしているアメリカ人女性
アデール　アメリカ人女子大生
カレン　アメリカ人女子大生
バーナード・ヤング　旅行記作家
キース　アメリカ人男子学生
フォッグ　アメリカ人男子学生
アルフレッド・デューラー　老教授
ジョアン・ベッシィ　環境センターにいる女性
ビル・ゲラー　かつら荘の客

危険教育

ステゴザウルス（小さい恐竜）が骨組によって、その巨大な姿を博物館という空間に生まれ出でようとしていた。

ウインチが大きくうなり、特大の頭蓋骨がゆっくりと吊りあげられていく。その他の重機も加わって、さながらどこかの工事現場のような様子を見せていた。

作業者のレバーが止まると頭蓋骨が空中に静止した。異様な光景だ。下にいる者の誘導で、頭蓋骨は指定の場所にゆっくりと降りていく。手に汗を握る、まさに緊張する一瞬なのだ。間違ってはならない。失敗は許されない、何があろうとも。

だが、そのまさかが起こってしまったのだ。ウインチの操作がほんの一瞬だが位置がずれたのだ。そのため、音を立てて、骨格にぶつかりそれが反動となって、はね返ったあとガクンとくさりがずれた。

そして真下にいた男性の体を直撃してしまった。アッという間の出来事だった。頭蓋骨は無残にも砕け散り、かの男性は重傷を負ってしまうという、大事故になってしまった。

「結論から言いますとね。事件というものは、たとえどのようなものでも、場所は選ばないということが私の自論ですよ」

イスの背に体をもたせ、幾分ふんぞり返ったようにしながらバーナードは言った。

「どのようなものとは、どのような種類のものでも、という意味なんでしょう」

カレンが質問に答えるように言った。

「そうですとも」

バーナードは、うなずいた。

「でも私は、他の事件のことはともかく、殺人事件について言ったのよ。こんなすばらしくてすてきな観光地で、殺人なんか似合わない、起こってほしくないってそう思ったからよ。それにね、私は他の事件なんかにはまるで興味がないんです」

ツンとした顔でカレンは言った。バーナードは、しみじみと彼女の顔を見つめて、こう言った。

「なるほど、あなたは殺人事件を愛しておられるのですね。そうなのですね」

バーナードは、なおも見つめたまま、かすかに笑いすら浮かべていた。そうしながら、カレンの胸の奥にあるものを、全てさらけ出してみたいと考えていた。だが、カレンがいきなり反撃してきたので、その考えをひっこめた。

「愛しているですって!? 私が、殺人事件を!? まさか! なんてとっぴなことをいうのかしら! 私はね、コソ泥だとか、誘拐だとかとかクマが出たとか、その他諸々あるなかで、殺人事件が一番事件らしくて興味を引かれるのよ。それだけ好奇心が旺盛なのかもしれないけど。ただそれだけのことなのよ。

それなのに、愛しているのかなんて思われたりしたら迷惑だし心外だわ。もう一度言うわ。私は殺人を愛してはいませんからね」

カレンは、釘を刺すように、指を立てて、バーナードの胸に向けて振りかざした。

食事が終わってコーヒーを飲みながら談笑しあって、たわいもないことからすっかり打ちとけて笑いころげていたのだったが、いつしか話が進むにつれて、あることが複雑化していき、それではすまされなくなってしまっていた。

原因は、カレンが放った一言だった。若い娘にとって、できることなら見て見ぬ振りをし、聞いて聞こえぬ振りをするのがごくあたり前だと思うのだが、彼女の場合は、違っていた。いったいどこで何が狂ってしまって、このような話になってしまったのか、彼女をとりまく人達にさえ、わからなかった。

カレンは、テーブルの上に両腕を組み、軽く顎をのせてまわりの景色に見とれながらゆったりとつぶやくように流れ出た。

「こんなに美しくて、すてきな所に、事件なんか起こったらどうなるのかしら。特に殺人なんかは起こってほしくはないわ。たいがいこういった殺人事件というのは、町の中で起こるものでしょう。そうよ、そのほうがだんぜん似合ってるもの。わざわざこんなすてきな観光地にまでやってきて事件を起こすとしたら、その人はきっと大バカ者だわ」

そう言って向かい側の席に着いてコーヒーを飲んでいる旅行記作家のバーナード・ヤングに微笑みかけたのだった。バーナードにしてみれば、こちらを見て微笑んでいるカレンにたとえ興味がなくても返す言葉を投げかけてやるのが紳士たるものと心得て、彼は自分の思うところを披露してみせたのだった。

「過去を思い返してみても、事件というものは、まったく場所を選ばず、ましてや時もまたしかり。無情にもその場を汚しているものです。彼らには、何がしかの言い分はあるのでしょうが、第三者にはわかっていても、連中には見えてはいないのです。そこがどのような場所なのか、ということをです」

バーナードは、自分の考えを全て出しつくしたことに少なからず満足していた。そうして、ゆっくりうなずきながら微笑んだ。彼は、これで終わったと思っていた。

目の前に座っているその娘は、彼の話にあいづちを打ち、なかば理解したと考えていた。だが、バーナードは知らなかったのだ。カレンが、そんな簡単にひきさがる女ではないことをだ。

第一、彼女は、バーナードという旅行記作家が嫌いだった。彼女は、相手が話している間中、ずっと心の中で相手に向けて言っていた。

―あなたのその笑い方は、私にはどうも気に入らないのよ。いかにも私の話すことは正しい。だから私に考えを改めるべきだ、と一人そんな顔で微笑むのはやめてもらいたいわ―。

「相手にも理由があるからですよ。事を起こそうとする側のね」

バーナードは、イスの背にもたれながら、ゆったりとした調子で言うのだった。

―まぁ、なんなのその態度、にくたらしいったらないわ。私をこんなに人のいる所でバカにしようってのね、私に恥をかかせて、さぞいい気分でしょうよ―。

「カレン、ねえ、カレンたら」

たまらなくなって、友人のアデールが彼女の肘をつついた。

「大丈夫？　あんたったら、そんなにむきになることないじゃない。せっかく観光に来て、こんなにたくさんの話ができるお友達ができたというのに、何をそんなにいがみあわなくちゃならないの。私にはさっぱりわからないわ。私にだまっていろ、というのならそうするけどね。だけど私はこのすてきな場所で楽しくすごしたいわ」

アデールは、カレンをなだめながらも、バーナードも同じくいさめていたのだ。

――バーナードさんも大人げないじゃないの。こんなわからずやのひとりよがりの小娘を相手に真剣に話をするなんて――と、アデールは思っていたのだ。

カレンは、アデールに肘をつつかれて驚いて、自分を取り戻していた。今、食堂のこのテーブルにいるのは、カレンとアデールとバーナードの三人だけだった。アデールが言うたくさんの話ができる友達というのには、だいぶ数が少なすぎるのだが。アデールが言うのは何もかもを含んで言ったことなのだった。

アッ、この人、誰かに似てるわ。誰かじゃなくて、何かだわ。顎の先と鼻の先が奇妙なほどとがっていて、両目がやや吊り上がりぎみなのは、そのせいかしら。真正面を向いても横を向いてもたしかに何かに似ていると思うのだが――カレンは組んだ両手のくぼみに顎を乗せつつ、じっくりとバーナードの表情を観察していた。彼は、横向きになりながらイスの背に片肘をかけたかっこうで紅茶を飲んでいた。バーナードは、親しげに声をかけたこと、たわいもない話をしながら笑っていた。

その時、カレンは急に思い出した。

「あの人、本当、コオロギにそっくりよ」

カレンは、アデールに耳打ちした。それを確かめるようにアデールも彼の様子を盗み見て二人は小さく笑いころげた。

まさか、カレンは、殺人事件をロマンチックなものと考えているんじゃないでしょうね。はしゃいでいるカレンを見ていてアデールは嫌な気持ちがした。誰が思ってもこんな気味の悪い話は、この場にはふさわしくない。カレンは、平気な顔をして堂々としてみせていた。アデールが、いくらなだめたとしても、カレンは聞く耳を持たないだろう。

カレンがどんな人間なのか、親友としてアデールはほんの少しばかり知っているつもりだった。彼女は読書好きだった。推理一辺倒だ。殺人にほのかなあこがれを抱いているわけではないと信じたいが、あの言葉は推理好きだからこそのあこがれであり、それをこの美しい景色の中に置きかえてみただけのことなのかもしれないのだ。

心に思い描いたことが、つい口をついて出てしまったといった、そんな感じなのかもしれないのだ。けして悪気はないのだ。それに、自分の頭で推理して、見事解決してみたいなどといっただいそれた考えだって、持っていないに違いない。

アデールが、時々、彼女を盗み見しながら、まさか自分のことを自由勝手に思いをめぐらせていることなど、わかるはずもないのだ。

カレンは、皿のふちに残った、パンのかけらにバターをたっぷりと塗りつけると、口の中に投げ入れた。そして、それを紅茶で一気に流しこんだ。ドアが開いて、数人の若い男性が入ってきた。アデールが言っていたたくさんのステキな友人と呼ばれている人達だった。

「あ、あの人達やっと来たみたいだわ」

カレンが、二人がこちらにやってくるのを目で追いながらつぶやいた。彼らは、カレンと目を合わせると、おはよう、と元気に挨拶をかわしながらそれぞれテーブルの席についた。

「すっかりお腹が空いたよ。がむしゃらに食べたい気分だな」

フォッグがテーブルの上のものを動かしながら言った。

「いつも朝食に遅れてくるんだから」

まじめな顔をしてカレンが言った。さらにもう一人、ガリス・ストーンが加わった。彼は、自分の朝食の乗ったお皿を持ちこんで、バーナードの近くに席をとった。

「ごめん、しかたがないんだよ」

キースは、はばかるような声で言うと、前の席に座ったデューラー老教授をチラリと見た。彼は罰の悪そうな顔をして、上目づかいに見ながら、わびるように言った。

「カレンさん、それに他のみなさんも、どうか彼らを責めないでやって下され。悪いのは、みんなこの私なんですからな。この二人の若者には責任はありませんよ。むしろ彼らはこの私のスケジュールに、弱音や文句も言わず、立派にこなしているのを、私はとてもすばらしいと思っているんですよ。この年寄りによくも黙ってついてきてくれるとね、感謝しているのですよ。朝食がすんだら、お昼まで時間をあげよう。自由にするといいさ」

息もたえだえに言う。それを聞くと、キースとフォッグは喜んだ。デューラー老教授の前に湯気を立てて、スクランブルエッグやらトースト紅茶、オレンジを切り分けたものなどが運ばれてきた。

だがどういうわけか老教授はそれを見ると、顔をしかめた。フォッグもキースもひとはしゃぎしたあと、すぐ彼らは老教授の様子に気づいて顔色を変えた。

「デューラー教授、スクランブルエッグはお好きでしたよね」

キースが念を押すように言いながら顔色を窺った。

「もちろんだとも、私の大好物だからね。ああ、だが今朝は見るのも嫌なのだ、それとにおいが」

老教授は、顔をしかめて皿をおしのけた。

「どうかなさったのですか。まさか体の具合でもお悪いんじゃありませんか」

フォッグもカレンとの話を中断して話に加わった。教授は手を自分のひたいにあてたり、ほおにさわったりしながら、ネクタイをゆるめた。

「食欲がないのでしたら、きっとどこかがお悪いんですわ」

アデールが心配そうに言った。

「もしかすると風邪でもひいたのではないかしら」

カレンが誰に言うともなくつぶやいたので、ちょっとした騒ぎになってしまった。たとえ風邪だとしても老人の場合は、重病になってしまうことにもなりかねない。

「まあたいへん、早くベッドに入って休んだほうがいいですわ、教授」

さらに拍車をかけるようにアデールが言う。

「それがいいように思います。そうしましょう、教授」

「それに医者にも見せたほうがいい」

キースもフォッグも口ぐちに言った。白髪もうすくなった老教授の頭には、うっすらと汗がにじんでいた。みんなの言葉で老教授はやっと、体を休ませる気になった。大学生のキースとフォッグの教育に無理をして、体を酷使していたのだ。それから老教授は、寝込んでしまうことになるのだった。

四人の大学生になんやかやと世話を焼かれて、足元をふらつかせながら老教授は彼らとともにレストランを出ていった。とたんに静けさが戻ってきた。

このテーブルに残っているのは、古生物学者だというガリス・ストーンと、バーナード・ヤング。それに、中年の女性で、アメリカ人で一人旅をしているというギリアン婦人の三人が散らかった朝食のテーブルに着いていた。

ギリアン婦人はいつもみんなと離れたすみのほうの席に座って黙々と食事をとりながら、耳に入る会話を聞いていた。こばむ様子はなかったが、自分から加わることはしなかった。

何事も自分には無関係といった感じだったたし、その彼女の体から発せられる独特のエネルギーが自分に対する会話というものを、いっさい寄せつけなかった。彼らもそれを感じ、暗黙の了解となっていたが、誰も毛嫌いするわけでもなかった。ギリアン婦人の場合、〝食事の時は、ただそこにいつもいる人〟、だったのだ。

「まったく若い人というのは、驚かされますな。無邪気というか、恐れを知らぬというか、自分の考えを信じすぎるきらいがあるようです。思ったことをはばかる様子もなく感じたままをのべるのですからな」

バーナードは、この突然おとずれた静かな空間が、妙に気恥ずかしく思っていたので、こんなことを口に出していた。

「ほんとに、度肝を抜かされますな」

ガリスがあいづちを打って言った。バーナードは苦笑いをしながら考えていた。食事は、楽しくにぎやかなほうがいい。しかし、あの言葉はそぐわないのだ。

一方、ガリスは、食事がまだ少し残っていた。彼にはこれから行ってやらなければならないことが待っていたので、残ったものをガツガツと動物のようにたいらげて、さっさとコーヒーをすませたあと、急いでここを退散してしまうか。あるいはバーナードも誘ったほうがいいか、とどうでもいいようなことに悩んでいた。

友人になるということは、いつも相手のことを考えて行動しなくてはならないということらしい。ときには、わずらわしいことでもあるが。

「ああいった、今風の少しここが軽い連中は、何を言っても許されると思っているんでしょうかね」

バーナードは自分の頭を指で突いてみせて、さらに続けて言った。

「ここはホテルのしかも朝食のテーブルだ。他の客達もいるというのに、大学生にもなって、何がふさわしいか、何がふさわしくないかぐらいの話題の選択ぐらいできなくて、世の中渡っていこうとしている。あきれますよ。ま、たいしたことではないかもしれませんが。しかし他の人に言わせれば、聞きたくなくても自然に耳に入ってしまう人だっていると思う」

この時、距離をおいて座っているギリアン婦人のほうをちらりと見て言った。

「このことで、別にあなたに意見を聞こうというつもりはないんです。私はただそう思っているということだけの話です。それを言葉に出して言ってみただけです。気にしないで下さいよ」

笑いたくもないが、バーナードは、最後のしめとしてニヤリとしてみせた。

「では、私もただの一人言として思いを表現しますと、まったくもって、あなたの言うとおりです。それに他ならない。殺人が何がロマンチックなものか、言葉に出すのもはばかられる。少し言いすぎましたかな」

ガリスが言った。

「あなたはたしか、旅行記作家だとあの娘さん達に伺ったが」

ガリスは話題を変えようとしていた。バーナードは、好ましく思い自然に笑顔になった。

「ええ、そうです」

と彼は少し元気づいた。

「少し質問させていただいてもよろしいですかバーナードさん、もしご迷惑でなかったらですが」

ガリスが控え目に言った。

「とんでもない、私と同じようなことは言わんで下さい。遠慮はなしですよ、私のほうこそ、ぜひガリスさんと話がしてみたいと思っていたところなんですからな。おかげで今日は一日、愉快にすごせそうだ」

バーナードは愛想のいい笑顔をみせて言った。彼らはおたがいに好感を持ったことを確認した。ガリスが言った。

「月並みなことをお聞きしますが、もうかなりあちらこちらお歩きになったのでしょうな。いや、すみません、妙な言い方をしてしまいました」

「いいえいいえ、それでけっこうですよ」

バーナードは微笑んだ。

「そうおっしゃっていただいてありがとうございます。こちらに来られたのには、何かテーマのようなものでもあって、お選びになられたのですか」

ガリスはニコニコしながら言った。

「テーマですか。いやいや、そういったものは特別ありません。しかし、これも一つの方法といえますな。これからはおおいに参考にしてみましょう」

バーナードは、心から笑い喜んでいるようにガリスには思えた。話を持ち出そうとしたとき、バーナードが口を開いた。

「今までは足の向くまま気の向くままといった調子でした。旅先で興味や好奇心を持った出来事に運よく出合えたならばそれをテーマにすることもありましたがね。必ずしも、そんな幸運に出合うことはなかなかありませんな」

彼は、おもしろそうに笑っていた。あの、とガリスが言いかけたとき、バーナードのほうが早かった。

「ガリスさんは、どんな関係でこちらに来られたんですか。失礼だが、その姿格好から拝見すると、どうも仕事か何かが關係しておられるようだが。伺いたいところですな。ですが、ぜひにというわけではありませんぞ。もしおさしつかえがなかったらの場合ですので」

探るような目でバーナードはガリスを見据えた。ガリスにしてみれば、この時を待っていたのだ。彼の心に熱い血が沸き立った。

「私はここのある施設に今度新たに恐竜を展示するために、やってきているのです」

ガリスは、話しながら次第に興奮していた。

「なんですと、恐竜ですって」

バーナードは、こんなびっくりするような仕事内容を聞かされるとはまったく思っていなかったので、恐竜ときいて目の玉をひんむいた。ガリスは、相手の様子に満足していた。誰でもこうなるのだ。

「改めて自己紹介させていただきますよ。古生物学者の、ガリス・ストーン博士です。以後よろしく」

ガリスは、びっくりしている相手に握手を求めて言った。

「なんと！　古生物学者の方だったのですか、こいつは驚いた。私の旅行中には、今までになかったことだ！　今朝は、驚くことに二度も出合ってしまった。ここに来たことは、私にとってたいへん幸運だった。実りある旅にしたいと思いますな。いや、実にすばらしいことだ」

思いもよらないことに出合ったことで、心から喜んだ。

「さてと、私はこれから、現場に出向かなくてはなりません。そうだ、もしよかったら、あなたもご一緒にまいりませんか。私の愛する恐竜にバーナードさんをご紹介しますよ」

「本当ですか。それは、すばらしい！　願ってもないことです」

「といっても、ごく小さいほうの恐竜ですが、しかし迫力は十分ありますよ」

ガリスは、彼をうながすように立ち上がった。導かれるまま、バーナードも立ち上がった。この時バーナードの目に、チラリとギリアン婦人の姿が映った。彼の目に映ったものは、婦人はたった一人でさみしいに違いない、という彼女の心の中にあるものを感じとったのだった。

「ああ、あのご婦人もお声がけしてみようと思うんですが、お連れしてもよろしいですかな」

おそるおそるといった調子でバーナードがガリスに聞いた。

「どうぞ、かまいませんよ。来たいという人はどなたでも、私はこばみはしませんから、遠慮なくどうぞ」

心よくガリスは言うと、紅茶をぐっと飲んだ。バーナードは、席を立って、いそいそと婦人の近くに、歩みよって言った。

「ギリアン婦人。たいへん失礼ですが、お話をさせて下さい。我々の話が聞こえていたと思いますが、いかがですかな、あなたも、ご一緒にあの方の恐竜を見にまいりませんか」

笑顔を見せながら、またしてもおそるおそる彼は言葉をかけた。彼女の反応を待った。

「いえ、結構」

ギリアン婦人にそっけなく断わられて、カメのように首をひっこめると、すごすごと戻ってきて、やれやれというように両手を広げてみせた。

ばつの悪いこと、このうえないといった感じだったが、まわりには幸い人がおらず、この場面を見ていた者はいなかった。ここでバーナードは恥をかかずにすんだのだった。

「あのご婦人はなかなか手ごわそうですな」

食堂を出ながらバーナードが言った。

「時々、ああいった女性はいるもんですよ」

そう言うとガリスは高らかに笑った。

「ご存じかもしれませんが、一言お耳に入れておくことがあります」

外に出ると、ガリスがバーナードに言った。

「はい、何でしょう」

「実は、私の今から行こうとしている所は一般車は通れないんです。つまりガソリンで動く車のことですが。ま、そのため専用の低公害のバスが出てはいますがね。歩きながら話しますよ。森林浴だと思って下さい。道路は、舗装されていますが、歩くとだいたい四十分位かかるでしょう。いかがです？　それとも無公害の自転車にしますか」

「ええ、話には聞いています。そんな所が何ヵ所かあるようですね」

ガリスの話を聞きながら、びっくりするやら、ホッとするやらで、バーナードは険悪な場所を頭に描いていたのだった。

帰りのことを考えて、二人は自転車に乗ることを選んだ。歩く人はけっこういたが、自転車は彼らだけだった。それもごくふつうの服装なのだった。まわりは深い原生林におおわれていた。その中をぬうようにして一本の道路が通っていた。

森林地帯の中にカラマツが明るい色を放ち、清流の中を小魚がむれおよいだり、景色はさまざまな変化をみせていた。話す声もはばかられるほど森の中は静かだった。

森の住人である野鳥や鹿などは、幾重にも重なった青葉の陰からこちらの様子を窺っているらしく、自転車で駆けながらその気配を感じていた。

「ああ実にさわやかで、気持ちのいい森ですなあ。これなら歩いてもさほど苦にはならないでしょうなあ」

バーナードはガリスの後を自転車で走りながらすっかり気に入った様子だった。ガリスが振り向きざまに言った。

「ちょうど今頃は、鹿の親子が森の中を歩いているのが見ることがありますよ。かわいいもんですよ」

「へえー、それはぜひ見てみたいもんですな」

バーナードは、心から楽しんでいるようだ。

「だがその裏では、今は彼らはやっかい者ですよ、理由はおわかりだと思いますが、冬場のエサとして、木の芽や皮などを食いあらすんですよ」

バーナードは、何か言いかけたがそのあと言葉をにごした。自転車は軽快に走った。「しゃくなげ橋」という小川にかかった小さな橋を渡ると曲がりくねった山道が多くなった。

うっそうとした木立ちの陰に白い花がひときわ目を引いた。今日のサイクリングは、思いのほか心に残るものとなった。やがてガリスとバーナードは、目的地に着いて、自転車を降りた。そこには立派なログハウスが建っていた。よくみるとログハウスの前には数台の茶色の大小のコンテナが平然と並べられているのが目についた。

作業服を着こみ、ヘルメットを着けた男達がコンテナのまわりをとり囲み、中からゆっくりと紙に包まれたものを取り出しては、ログハウスの中に運び始めた。そのそばでガリスが注意深く見守っている。

「これは、何なんですか、ガリスさん」

バーナードが近づきながら質問した。ガリスは緊張をほぐし彼に笑顔を向けながら言った。

「こうやってパーツがバラバラに分割されて、包まれて専門の業者に運ばれてやってくるというわけです」

「なるほど」

バーナードは、感心したようにうなずいた。

「ところで、世界中を歩いてこられたあなたのことだ、どこかの博物館に行かれましたか」

「それが恥ずかしいことにそういった名のついた所には、一度も」

バーナードは苦笑しながら言った。

「それはもったいない。実におしいですね。文化的施設を見て歩くことはその町その国全体の教育と文化が凝宿された証拠といえるのではないかと私は考えているのですよ。少しおおげさだと思われるかもしれませんがね」

ガリスは、遠慮や人の目など気にせず自分の節を力説した。

「それともう一つ」

ガリスの話は続いた。

「それは本屋を見てまわることです。その本屋にどれだけ人がいるか、何を手にとっているか、どれだけ人がいるか。それらのことをよく観察してみると、ぼんやりとしたものがみえてくるものです」

ガリスは話を一時中断し、作業員の仕事に集中しながら見守った。それがすむと彼はバーナードに向かい続けた。

「たとえば教育に関する書物を手にしていれば興味と好奇心があるのかもしれない。ゲームやその他の遊戯の雑誌を読んでいる者がいれば、一概にはいえないと思いますが、きっとそういったものが好きなのかもしれない。何に人生を費やしたいと考えているのか。若者の迷いがわかるものなのかもしれませんよ」

ここですかさずバーナード茶目っ気を発揮して言った。

「さすればガリスさんは、考古学の関係書物をお読みになっていたということなんですな」

二人は、声を合わせて笑った。ガリスのところに作業服を着た男がやってきて、何かの専門用語で話を始めた。ガリスが大きくうなずくと、作業服の男は足早に去っていった。

「では、バーナードさん、これから施設の中にいる私の友人に会いに行くことにしましょう、さあ」

バーナードは、ガリスの案内で足を踏みいれたとたん、木材からにじみ出る、香りが鼻をついたので、思わずため息が出る始末だった。横にいて、あきらかに相手は興奮していることをガリスは感じとっていた。

「これは、これはなんと言っていいものか」

バーナードは、言葉につまった。立派すぎる建物ばかりではない。そこに展示されているその見事なまでの恐竜の骨格は、ウインチに持ちあげられて、あるべき場所へ注意深くおさまろうとしていた。

「恐竜というやつは、骨格だけでも十分見ごたえがあるものなんですねえ。何という

郵便はがき

料金受取人払郵便

新宿局承認

1408

差出有効期間
2021年6月
30日まで
(切手不要)

160-8791

141

東京都新宿区新宿1－10－1

(株)文芸社

愛読者カード係 行

ふりがな お名前		明治 大正 昭和 平成 年生 歳
ふりがな ご住所	□□□-□□□□	性別 男・女
お電話 番 号	(書籍ご注文の際に必要です)	ご職業
E-mail		

ご購読雑誌(複数可)	ご購読新聞 新聞

最近読んでおもしろかった本や今後、とりあげてほしいテーマをお教えください。

ご自分の研究成果や経験、お考え等を出版してみたいというお気持ちはありますか。

ある　ない　内容・テーマ(　　　)

現在完成した作品をお持ちですか。

ある　ない　ジャンル・原稿量(　　　)

書　名				
お買上 書　店	都道 府県	市区 郡	書店名	書店
			ご購入日	年　　月　　日

本書をどこでお知りになりましたか？

1.書店店頭　2.知人にすすめられて　3.インターネット（サイト名　　　　　　　）

4.DMハガキ　5.広告、記事を見て（新聞、雑誌名　　　　　　　）

上の質問に関連して、ご購入の決め手となったのは？

1.タイトル　2.著者　3.内容　4.カバーデザイン　5.帯

その他ご自由にお書きください。

（　　　　　　　　　　　　　　　　　　　　）

本書についてのご意見、ご感想をお聞かせください。

①内容について

②カバー、タイトル、帯について

弊社Webサイトからもご意見、ご感想をお寄せいただけます。

ご協力ありがとうございました。

※お寄せいただいたご意見、ご感想は新聞広告等で匿名にて使わせていただくことがあります。

※お客様の個人情報は、小社からの連絡のみに使用します。社外に提供することは一切ありません。

■書籍のご注文は、お近くの書店または、ブックサービス（0120-29-9625）、セブンネットショッピング（http://7net.omni7.jp/）にお申し込み下さい。

名前の恐竜なんですか、これは」

　バーナードは、興奮しながら言った。

「ステゴザウルス、というおなじみのものですよ。それと天空には小さめの翼竜も飾るつもりでいます」

　ガリスが説明した。

「ほう。翼竜もですか。そしてこれらの恐竜はずっと展示されたままでいるのですか」

「いや、そうではないんですよ。残念ながらね。八ヶ月しか展示されないんです。そしてまた次の場所へと移動して行くんです」

　その時のガリスの表情は、妙に明るかった。ここは静かすぎるほどだった。騒々しいといったことが何もないのだ。ホテルというものはこんなものなのかもしれない。

　パティ・レイはまどろみながら、開け放たれた窓の外から聞こえてくる小鳥のさえずりを聞いていた。彼女の夫であるウインスロウは、目が不自由であるにもかかわらず、妻の手を借りずに自分で手さぐりでコーヒーを入れようとしていた。だが手元が狂って大きな音を立ててスプーンが床に落ちてしまった。

気づいたパティが、あわてずといった様子ですべるように夫のそばにやってきた。彼女は、落ちたスプーンを拾うと夫に言った。

「私がやりましょうか」

「いや、いいよ。自分でやりたいんだ。他の人だってやってるんだ」

ウインスロウはそう言うと、じっと妻のほうに耳をかたむけた。

「わかったわ。左の手をそのまま真っすぐよ、そう、ゆっくりとね」

彼女は、それだけを言って、あとは黙って見守った。彼の手は、まもなく別のスプーンに届いた。ホッとした表情をみせながら、カップにコーヒーと湯を注ぐと注意深く口元に運び、味わい深くゆっくりとすすった。一つも手を出すことなく夫のしぐさを見守っていたパティは、夫が必死に自立しようとしているのを見て胸が痛んだ。

自分でできたことにすっかり満足した様子のウインスロウが彼女が座っているだろうと思われるほうを見て、おだやかな調子で言った。

「誰か友達はできたのかい」

「そうねえ、なんと言えばいいかしら、顔を見ればほんの挨拶程度ぐらいの人は何人かいるわね」

パティは、あまり乗り気でない調子で言った。

「まったくいないよりはいい。せっかくこんなにいい所に来たんだ。この部屋から一歩も出ないなんてことではいけないな。そんなに私のそばに付いていなくてもいいんだ」

最後の言葉には、パティに対する慈愛がこめられていた。

「私は自分の意志でそうしているのよ」

そうは言ったものの、自信がなかった。彼女は、今の言葉をよく考えてみた。そして、結論づけたように首を振った。それは明らかな間違いだった。

ウインスロウが見えない目でこちらを見ていた。彼女は、見すかされている感じがして眉を寄せた。

「まさか本心ではあるまいね。それは我々の目的に反することだからね」

彼は、思ったとおり彼女の気持ちを読んでいた。

「君はとても献身的な妻だよ。それだからこそ私は君が気の毒だと思っているんだ。以前のように自由を楽しんでほしいとは思っているんだが。君を思うとね、ついそう言ってしまいたくなるときもあるんだ」

「そして、その都度、思い返すのね、やりとげるべきだって」

理解をみせながらパティが言った。ウインスロウは、ほんの少しだがうろたえていた。

「私は自分が気の毒な女だなんて、思っちゃいないわ。確かに昔より生活は変わったけど、でもおかげで静かでゆったりとした時間を手に入れることができたわ。これは本当よ。こんなことは私の将来の設計にはなかったことだけどね。でも、これも人生、そう思っているわ」

パティは、心から思うことを言って微笑した。

バーナードはガリスと分かれて、一人で千手ヶ浜(せんじゅがはま)に立って涼しい風に吹かれていた。その辺りを眺めてみようと考えたのだった。愛しいほどに小さな浜が、遠くまで続いていて、そこに打ち寄せる波が、これもまた小さくせきこむように絶え間がなく音をひびかせて続いていた。

バーナードは、眺めているうちに、自然と顔がほころんだ。次に彼は、桟橋を歩きながら、恐竜の骨が運ばれてきた時の様子を、頭に思い描いた。桟橋を降りようと歩き出した時、観光客が目に止まった。数人の中年の女性達だった。静かで上品な大人の観光客だった。バーナードに目が止まると、その中の一人が軽く会釈をしてくれた。彼も心よく笑顔をかわした。バーナードは、とてもすがすがしい気分になっていた。

バーナードさん！と呼ぶ声に、彼は反射的に顔を向けた。すると同じホテルに泊まっているあの若い彼らだった。今までのすがすがしい気分はどこへやら、バーナードの心は乱れた。あの元気、あの声、あのはしゃぎよう、やれやれ彼は首を振った。

バーナードの頭の中に、何事かが想像された。殺人がロマンチックだと言ったあの娘、カレンが走ってきてバーナードの片腕をとると話しこんできた。

「あなたもこちらに来ていたなんて知らなかったわ。バーナードさん、私達も、一緒に誘って下さればよかったのに。もうすっかり、何もかも見てしまったんじゃないでしょうね」

カレンは、悪びれる様子もなく、バーナードにまつわりつきながら言った。

「いやいや、私は、ほんの少し前に来たばかりですよ」

笑いたくもない顔に笑顔をみせて言った。それにしても、今でも殺人はロマンチックだなどと思っているのだろうか、いやいやもうそんな考えから脱却しよう、彼女だってあんなことを言ったことを忘れているかもしれないじゃないか。私はどうも固執してしまっているようだ。彼はふたたび首を振った。

バーナードは金髪頭のカレンのような娘は、所かまわず誰が聞いていようと、自分の思ったことを言ってのけるおかまいなしの頭の軽い娘なのだと、そんな印象を持ってしまっていた。連れのアデールという娘は、黒い髪が理知的な女性で顔の表情にもそれに伴って落ち着きがあった。彼女は、カレンの母親役かもしれない。まさか下僕ということはあるまい。それにしてもカレンは、少し口をつつしんだほうがいいようだが。

「ねえ、バーナードさん、知ってます？　この先にきれいな花の群落があるって聞きましたよ。バーナードさんは、もうごらんになりましたか」

フォッグが軽快な調子で話しかけた。

「いや、まだですよ、そんなことは今初めて聞きましたからね」

バーナードは、言った。続けてすぐこう尋ねた。

「ところで、あなた方の老教授はいかがですかな。寝込んでしまわれたと伺ったが、誰も付いていなくて、大丈夫なのですか」

「それが、奇妙なことに」

と、フォッグが言い出した。

「奇妙なことに、付き添いを申し出てくれた人がいるんです。誰だと思います？　バーナードさん」

「これはこまった、まるで見当がつきませんな」

バーナードは、目を白黒させながら、フォッグに言った。

「そうでしょうとも。誰だってわかりっこありませんよ。教えてあげましょう。ぼく達の食事のテーブルを思い出して下さい。一番端にいつも座っていた女性がいたでしょう」

思い出させるようなそぶりをしながらフォッグが言った。

「ああ。それはもしかしてあのご婦人かな。いつも一人で食事をして、誰ともおしゃべりをしようとしない女性ですな、名前は確か、ギリアン婦人」

バーナードの頭の中に今、はっきりと女性の存在があった。

「そうですよ。そのギリアン婦人が、付き添いを申し出てくれたんです。信じられないでしょう」

今でもなかば信じられないといった様子を目に浮かべ、フォッグは言った。

「ほう、あのギリアン婦人がそんなことを!?」

と言ったきり、バーナードはおもわず口走っていた。

「あのご婦人も立派な志を持っておられたということです」

「彼女のおかげでこうしてぼく達は自由を味わっているんですから。彼女には感謝しなくちゃ。そうでしょ、バーナードさん」

列に加わりながらも、黙って他の人の話を聞いていたキースが、意見を言った。

「そうね。でも、いいのかしら、本当にこのままで」

ためらうように、アデールが言った。

「何が!?」

キースが振り向いた。

「だって私達、彼女のこと何も知らないのよ。そうでしょう。その彼女が、デューラー教授に突然付き添うと言ってきたのよ」

アデールが言った。

「ぼく達は、その申し出を喜んで受けいれた。そして今君達とここにいる」

と、フォッグ。

「何の疑いも持たないでね」

茶目っ気たっぷりにカレンが言った。四人は顔を見合わせて、黙っていた。

「あの婦人に、どこか疑わしいところでもあると考えておられるわけではないのでしょうな。いや、聞くまでもないことです。ギリアン婦人は、私達の仲間にこそ入ってこなかったが、ただ一人でゆっくりと人々の話し声を聞きながら、食事をし、旅を楽しんでいるだけなのだと、私は思いますよ。ただ、老教授が体調を悪くし、こまっている様子を見かねて、若いあなた方よりも、自分のほうが経験がある。だから、付き添いを買って出た。ただそれだけのこと。人として当然のことをしたわけですよ」

「バーナードさんは自分の意見を言った。女性達はだまってうなずいた。

「バーナードさんは、そう思っておられるんですね」

キースが、言った。

「君には何か不満らしいね」

やんわりとした口調で彼は言った。

「彼女は、悪い人間じゃないわ。バーナードさんの言うとおりかもしれない。ギリアン婦人からは、そういう特有の雰囲気が伝わってこないんですもの」

カレンが口をとがらせて言った。

「特有の雰囲気って」

フォッグが彼女のほうに顔を向けた。彼らが奇妙な顔をしているのでバーナードはいたずらっぽい目をしてアデールを見ていた。アデールはバーナードの考えを理解すると、こまったように顔をしかめ苦笑しながら言った。

「バーナードさん、だめですわ。二人にあの話をなさってはカレンはいい笑いものになってしまいますもの」

カレンはそんなアデールを横目に見ながら知らぬ顔をしてみせていた。キースとフォッグは、二人が何のことを話しているのか知らないようだった。それがカレンにしてみればおもしろくはないのだ。おまけにアデールときたら、バーナードさんに口止めしている始末だ。そうなったら、彼は話すことはしないだろう。だったら、自分から話してしまうしかないだろう。カレンは、やっきになっていた。

「二人とも聞いて、キース、フォッグ」

カレンの前を歩いていたキースとフォッグの二人は、呼びとめられたように立ち止まって、振り向いた。

「どうしたの、カレン」

「もしかして怒ってるのかい。ぼく達君が怒るようなこと何かしたのかな」

キースもフォッグも心当たりのことを思い起こそうとするかのように顔をしかめていた。

「そうじゃないのよ。私は怒ってはいないわ。それにあなた達は何も悪いことはやってない。私は今から自分のことを話そうとしているということよ。打ち明けるといったほうがあってると思うわ」

カレンは、両手を広げて、彼らの気持ちを押し戻すように動かしながら言った。

「そうね、どう言ったらいいのかしら、その、つまり私は、この美しい観光地でロマンチックな殺人事件が起こることを期待しているというわけなのよ。そうなのよね」

これを聞いた者達は、みな唖然としていた。

「驚いたな、カレン、君ほんとにそんなことを考えたのかい。女の子って、何かもっとまったく別なロマンチックなものを思いつくものだと考えてたけど」

キースは、まじまじとカレンを見つめて言った。

「全然別なもの？　つまり男女のことね」

「そういうわけでもないいんだけど」

キースは、言葉をはぐらかした。

「そうなんでしょう。でも私はおもしろくないわ。私がいうロマンチックというものは、そんなことじゃないのよ」

カレンは、ゆずらなかった。キースはフォッグと顔を見合わせた。そして、とてもついていけないと考え、二人は首を振った。

森の切れ目から湖が見えていた。やさしく吹く風は歩き疲れた体にとても心地よく感じた。みんなは湖に繰り出した。ひと息ついていると、一心不乱に釣り糸を湖に投げこんでいる若い女性の姿があった。通りがかりの観光客がひやかし半分に立ち止まって眺めていたが、冗談にも声をかけられるような感じはなく、何者をも寄せつけない雰囲気を放っていたので、誰もそばを通る人さえいなくなっていた。

他では、小さな浜をそぞろ歩きをしている人達や、湖にせり出した木の陰でスケッチをしている人や流木に腰をかけて、ただ遠くをぼんやり眺めているといった人達などが、あちらこちらで見受けられた。一行は、ふたたび森の中に入っていった。

「しゃくなげ山荘」のラウンジで、ガリスは昼の仕事着のままソファーにもたれて浮かぬ顔をしていた。テーブルの上には数枚の書類の束が散乱していた。もう深夜近かった。

「おや、ガリスさんではありませんか、こんな遅くにどうしたんですか」

自分の部屋に戻ろうと階段を登りかけたとき、ガリスが一人でいるのを見て、自然に声をかけたのだった。

ガリスは、びくっとしたように体を起こし、こちらを見た。

「これはすみません。何かを考えておられたところでしたらお邪魔をしてしまったようですな」

「いやいや、バーナードさん、そんなお気遣いはご無用です」

ガリスは、元気がないようだった。

「ガリスさん、ご迷惑でなかったら、そちらに行ってもよろしいですかな」

遠慮がちにバーナードは言った。どうせ断わられるだろうと思って覚悟して言ったのだが、彼は快く応じてくれた。

バーナードは、すっかり気をよくして、昼に見学させてもらった恐竜のレプリカの展示物に対するお礼を言った。バーナードは、ガリスと向かいあって腰を下ろした。彼はその他に見学したことの意見や自分の感想などを話したが、彼の言うことを、どうも真剣に聞いているような様子がみられないのだ。

バーナードは、不審に思いながら、相手の心を探ろうとしたが、どうにもうまくはいかないのだった。

「ガリスさん、お見受けしたところ、たった今お帰りになられたようで、それにかなりお疲れのご様子ですな。私は、どうやら退散したほうがいいようだ。では、これで失礼するとしますかな、お休みなさい」

そう言って立ち上がろうとしたとき、ガリスは初めて自分のほうから話しかけてきたのだった。

「たいへんぶしつけな態度をお見せして、申し訳なく思います。けして毛嫌いしていたわけではないのです。どうか悪く取らないでいただきたい。実は、ちょっと考えていたことがありましてな。あなたのおっしゃることを上の空で聞いていたことを謝らねばなりません」

ガリスの態度や表情に、真剣さが戻ってきたことが窺われた。

「いいえ、そんなに丁寧におっしゃっていただかなくても結構です。私は何とも思っちゃいませんから。それに、あなたのようなお仕事をされる方のお立場も少しは理解できるつもりでおりますからな。どうぞ私にかまわずお仕事お続け下さい」

バーナードは、今度こそ出て行こうとしていたのだが、ガリスはやはり彼をつなぎとめておこうとしていた。

「バーナードさん、本当にあなたにここにいてほしいんです。かまいませんでしょうな」

「はあ、それほどまでにおっしゃられるのでしたら」

バーナードはふたたび居心地悪そうに腰をおろした。

「実は、私はあなたに謝らなければなりません。あなたに申し上げたことが嘘になってしまったのです」

ガリスは、うつろな目でバーナードを見ていた。

「は？　あなたが私に嘘をおっしゃったというのですか。さて、いったい何のことなのか、わかりかねますな」

バーナードは、思い出そうと、何度も頭をひねった。それを見て、ガリスは言った。

「いや、あなたをまどわすつもりはありません。それにその時は私だってまさかこんな事態になるなどとは予想もしなかったことです。だが結果的には嘘を言ったことになります。あなたの期待を裏切ってしまったことになるんですからね」

ガリスは、無理に平静を保とうとするかのように笑いたくもない笑顔をみせようとするのだが、その表情は苦痛にゆがんでいた。バーナードは、彼が何を自分に嘘をついたのか知るよしもなかったが、ガリスのゆがんだ顔つきをみるにつけ、バーナードはもう一度真剣に考えこむと同時に、ガリスから少しも目をそらすまいとしていた。

「バーナードさんが私の仕事場を見学にこられた時のことを思い描いていただいて、その時私は、今あるステゴザウルスのそばにさらにもう一つ、天井から翼竜を組み立てて吊り下げるということをお話ししたと思うんです」

これで思い出しましたか？　というようにガリスはバーナードを見た。バーナードは、アッと心の中で叫んだ。なんだ、そのことだったら思い出すまでもなく、よく覚えている。バーナードはうなずいた。

「私はあの時、六ヶ月ほどかかるとお話ししましたね」

ガリスが念を押すようにバーナードを見つめて言った。

「ええ、私は、そうお聞きしてますが、そのことが何か」

バーナードが聞き返そうとすると、ガリスの首が、突然ガクッとうなだれ、悲痛な声をもらしたのだ。バーナードが驚いてそばへ寄ろうとしたとき、ガリスはぐっと上体を持ちあげて、首を正した。

「バーナードさん、私があなたに嘘を言ったというのは実にそのことなのですよ！」

バーナードはまだよくのみこめないでいた。

「六ヶ月かかって仕上げる骨組みを、あろうことか二週間でやらなくてはならなくなってしまったんです！　二週間ですよ！　二週間！　これがどんな意味を持つものなのか、あの連中にはまるでわかっていないのですよ！　いや、そんなはずはない。わかっているはずだ。あの連中も、立派な古生物学者なのだから、六ヶ月ほどかかるところを二週間でやってしまえとは！　言うこと自体まちがっているとしか思えないのですよ」

　バーナードは理解した。彼は、怒っているのだ。それをどこにも向けようがないのだ。気の毒だとは思うが、バーナードにはどうすることもできなかった。

「きっとそれは、何かの間違いなのだと私は思いますね」

　よくも知りもしない者が大層なことは言えなかったが、しかし恐竜を組み立てることはそんな短い時間でできるわけがないことだけは、バーナードもよくわかった。プラモデルを組み立てるのにも二週間は短すぎるのだから。

「あなたのおっしゃることは私にもわかるような気がします。すごくたいへんな仕事のように感じますからな。せめてあと二週間はほしいと、言うことはできないのですか、素人考えですがね」

　まったくそのとおりだ、あと二週間だって!?　なんとまぬけなことを言ってしまったのだ。バーナードは顔が赤くなるのを感じていた。

「それはできないのですよ、バーナードさん」

「立ち入ったことを聞くようですが、どうしてそんなことになったんです？　あなたはよくやられているではありませんか。それに、あちらの方々も、恐竜一体を組み立てるのに二週間位でできるとは思っていないんでしょう」

　バーナードは自分の考えを口に出していた。あまりにもガリスが気の毒でならなかったからだ。

「もちろんわかっていますよ。当然のことです！」

怒るようにガリスは言った。そしてバーナードのほうにチラッと目をやった。あたり前のことを聞くな！　とその表情は言っていた。バーナードは、これ以上くだらぬ会話はやめにした。今話したことは、ガリスがすでに相手とかけあい苦悩してきたことなのだと思ったからだ。

「バーナードさん、あなたはどうしてここにいるんですか、こんな時間に」

今初めて、バーナードの存在に気づいたようにガリスは言った。

「私は自分の仕事や生き方を他人ととやかく比較することは好まないし、したがって卑下する必要もないと思っている人間でしてね。だからといってもちろん自慢するつもりもない。前置きが長くなりましたが、私も物書きのはしくれである以上、心に残る出来事は、書きとめておきたいと思いまして、宿の中をうろうろしていた時、あなたのお姿が見えまして、もしお邪魔じゃなかったら、少し話がしてみたい、それに今日の見学させてもらったお礼も言いたいしと、そう考えながらやってきてしまったというわけなのですよ。

いや、まったく、ご迷惑なことも考えず、自分の思いに先走りしてしまいました。

これからは、もっとよく考えるようにしないと、嫌われてしまいますな」

バーナードは、こう言ったあとかわいた声で笑った。そして、お休みなさいを言って今度こそ、ラウンジを出ていった。

カレンとアデールは、いつもと同じ時間に朝食をとるためレストランにやってくると、同じテーブルの同じ場所に座った。まもなく食事が運ばれてきた。

「今朝は、さみしいわね。キースもフォッグもまだ来ていないみたいだわ。デューラー老教授、かなり悪いのかしら」

アデールは空席のテーブルを眺めながら言った。

「バーナードさんもガリスさんも、随分ゆっくりしてるのね。でもギリアン婦人がいるわ、きのうのお礼を言わなくちゃ」

いつものようにテーブルの片すみで、一人黙々と食事をとっているギリアン婦人の前に、二人は進み出た。

「お早うございます。ギリアン婦人、お食事中お邪魔します。一刻も早く、きのうのお礼が言いたくて、ありがとうございました」

「おかげで私達、楽しい時をすごすことができました」

二人は、かわるがわる言った。ギリアン婦人は、口に入れたベーコンエッグを、ごくりと飲みこむと、

「どういたしまして」

と言って、彼女達を見た。その顔には、かすかだが微笑がただよっていた。声もふつうの感じだったが、そっけないといえば、そのとおりかもしれない。彼女は続けておしゃべりをしようという気はなかったらしい。ふたたび彼女は、ベーコンエッグと向きあった。がっかりしたカレンとアデールは、自分達の席に戻った。

「これで話ができると思ったのに」

カレンがつまらなそうに言った。

「あの婦人は、私達になんか興味はないのよ」

とアデールが応答する。

「じゃ、どうしてデューラー老教授の付き添いを申し出たりなんかしたのかしら」

「それは、老教授に興味があったのか、あるいは暇を持て余していたか」

「まさか、旅行に来て、暇を持て余すだなんて。それにあんなおじいちゃん、彼女の気を引くほど魅力があるとは思えないけど」

「そりゃそうだけどそれにしても、彼らだけじゃないみたいね。バーナードさんもま

だ来ていないじゃない」

　アデールがいつも座っている席を見て、言った。

「ああ、あのコオロギみたいな顔をした人ね、私、最初からそう思ってたわ」

　カレンは、口をもぐもぐさせながら言った。

「カレンたら、そんな言い方はよしたほうがいいわ。どこで本人の耳に入るかわからないのよ、気をつけたほうがいいわ」

　さとすように、それもカレンだけに聞こえるようにアデールは言ってやった。カレンは、アデールの小言を耳に入れながら、あちこちの様子に目を配っていた。

「恐竜の先生もまだ来ていないみたいね。みんなどうして早く来ないのかしら、お腹空かないのかしら」

「そうね、たまたまあの日はみんながそろったのかもしれないわね。珍しいこともあるものだわと、こっちがびっくりしたほどだもの」

　アデールの話が終わって、こちら向くと、すでにギリアン婦人の姿はなかった。

「あなたの奇妙な話を聞かされるとたいへんだと考えたのかもしれないわよ。賢明な判断ね」

　カレンは、アデールをにらみつけた。

ドアがあいて、白いドレスを着た婦人の姿が目に入った。手には白く大きなつばのついた帽子を持っていた。婦人は、カレンとアデールのいるテーブルの脇を通り抜けて、大きく開け放した窓辺に立ち止まると帽子をかぶり外に出ていった。カレンとアデールは、婦人の後姿を目で追っていた。やがて彼女は大きな木の下のテーブルに着いたが、帽子はそのままかぶっていた。

「すてきな女性ね、とても優雅できっとご主人も、すてきな人に違いないわ」

カレンが、ため息まじりに言うとアデールもうなずいた。

「この山荘に泊まっているのね。きっとお金持ちよ」

「でも見かけたことはないわ。食事はみんなここでとることになってるはずでしょう」

カレンとアデールは、ささやきあってうわさ話を始めた。

「きっとお部屋でとってるのよ」

「どうしてそんなことするのかしら。ここでみんなと食べたほうがお友達はできるし、楽しいのに」

「事情があるんでしょう」

「事情？　そうかもしれないわね。でもどんな事情があるというの、よくわからないな。私にはそんなことどうでもいい。でもあの婦人と、お友達になってみたいわ。

ね、アデール、あなたもそう思うでしょう」

「そうね、賛成だわ。あ、来た来た、キースとフォッグそれにバーナードさんも一緒だわ」

彼ら一行が入ってきたことで、興味の対象がそちらに変わった。

「やあ、カレン！　アデール！　おはよう、食事はもうすんだんだろうね」

フォッグが元気いっぱいに二人に言った。

「ぼく達は、またまた朝食に遅刻らしいね、ガリスさんもいない。ま、彼の場合は別の世界の人間だから、あまり気にもならないけど」

キースとフォッグはおたがいに言い訳をしたあと、日本のお茶を一口飲んで、朝食が運ばれてくるのを待った。

バーナードはいつのまにかカレンとアデールの前の席に向かいあって座った。遅れた理由を、話す羽目になった。

「デューラー老教授の所にお見舞いに行ってたんですよ。昨日は、あれからお目にかかっていませんでしたから。ご老人なので心配だったものですからな。昨日のうちにと思ったことは思ったのですが、私も書きものをしたり、気ばらしに部屋の外を歩きまわったりしていて、忘れてしまいまして、気づいた時にはもう遅かったのです。それで今朝、お会いしてきたというわけです。そこでキース君とフォッグ君に会ったのです」

バーナードは長々と話を終わった。

「老教授の具合はいかがですか」

アデールが聞いた。

「ちょっと風邪を引いたぐらいでも年を重ねると重病になってしまいますからな」

バーナードは、顔をくもらせた。

「だいぶお悪いのですか」

カレンが意気込んで聞いた。

「熱も引いたようだし、もう心配はないよ。だけど念のためあと二、三日はベッドで休んだほうがいいと、ギリアン婦人に忠告されたらしいんだ。ぼく達もそのほうが安心だからね」

キースの説明は落ち着いたものだった。

「さきほど、ギリアン婦人と朝食が一緒だったの。お礼を言っといたわ」

アデールが言った。

「彼女、何か言ってましたか」

バーナードも何かを期待するように、質問した。

「いいえ、なんにも」

カレンが引き受けて答えを言った。

「ギリアン婦人もぼく達の仲間に加わってくれたらいいと思うんだが」

キースが残念そうにつぶやいた。

「断じてならないと思うね」

フォッグは、強い口調で言うと、大きなベーコンを一口に平らげてしまった。


「朝は、温かなお茶がいいわ。それとサンドイッチを二つ包んで下さる」

大きな白いつばのある帽子をかぶった婦人は、ボーイに言った。

「かしこまりました。ただいまお持ちいたします」

「ねえ、この木かげ涼しいわね、なんていう木なのかしら」

婦人は微笑みながら言った。

ボーイが行きかけたが、ただちに足をとめ彼女の質問に答えた。

「これはかつらという木でございます、奥さま」

「そう、すっかり気に入ったわ」

婦人は、うっとりしながらテーブルに両肘をつき、梢を見上げていた。ボーイはサンドイッチを注文しにそこを離れていった。

茂みの中から一人の中年風の男がやってきた。朝だというのに、酔っぱらっているかのようにフラフラと足元がおぼつかなげに歩いてくるのだ。婦人のかぶったつばの広い大きな帽子は、極端に視野が狭くなっていたので、迫りくる災難に気づくには遅かった。すでにテーブルには温かいお茶とサンドイッチの包みが置いてあって、まさに手をのばした時だった。

音とともにテーブルがゆれ、手もとがゆらぎ、お茶は婦人の服にかかってしまった。男は、ハッと驚き、目玉をひんむいてその場の状況に血の気がうせた。

「たいへんなことを！　なんてことだ！　居眠りしながら、ぶつかるとは、しかもご婦人に。それにここはどこなんだ！　ああ、そうかわかったぞ。私の宿と隣り合わせになっているのか。間違って来てしまったんだな。とにかく謝ります。とんだ失礼をしてしまいました。さぞかしお怒りのことと思います。どうかその服を私に弁償させていただきましょう。ああ、すっかりしみになってしまった。それにしてもなんというふがいなさだ。居眠りしながら歩くとは、だからこんなことになるのだ。自業自得だ」

男は、支離滅裂なことを言いながら自分を責め婦人に謝った。

「もうよろしいですわ、起きてしまったことですもの、ミスター、ミスター」

婦人が言いかけた。

「ビル・ゲラーと申します。夫人、夫人でよろしいので」

男は腰をかがめ窺うような素振りで言った。

「ええ、私は、ミセス・パティ・レイです」

毅然として彼女は言った。

ビル・ゲラーは、なおも自分の犯したあやまちで、夫人の服を台無しにしてしまったことを後悔していた。

「お気遣いは嬉しく思いますが、でも結構ですわ。この服は、どんなことがあっても手放せませんの、大切な思いがこめられたものなのですから」

パティは、サンドイッチを手に持ち、立ち上がった。

「私これで失礼しますわ。着替えなくてはなりませんから」

すると、あわてたようにビル・ゲラーが早口に言った。

「では、とびきりのディナーにでもご招待いたしたいと思うのですが、いかがでしょう。今夜など」

「いいえ、結構です！　失礼」

バーナードと四人の若者達は、千手ヶ浜に続く散策路をバスには乗らず、歩くことにした。というのも、これには理由があった。

夕べ遅く、彼はガリスと話したあと、彼の邪魔をしてはならぬと、一時間もいなかった。そのあとラウンジを出て行きかけた時、ガリスが呼びとめて、明日、あの若者四人を連れて、またおいで下さい。ご招待しますよと言われていたのだった。

朝食の時そのことを話したら、彼ら全員大乗り気で賛成したというわけだった。森は静かだった。別世界のようだった。時々、鹿の鳴き声遠くで聞こえるだけだった。

だが若い連中にとってみれば、まわりのことなどまったく、意に介さない。バーナードに言わせれば、まったく意味のないおしゃべりに忙しそうだった。まったく森の中を歩くときぐらい静かにできないものかね、彼は腹の中で思っていた。目的地に着くまで、いやというほど歩かなくてはならないのだから、おしゃべりはまさに好都合なのだろう。

「いつも聞こうと思ってたんだけど、私達と同じ大学生だと言ってたわよね。何で日本に来たの」

あっけらかんとした表情でカレンが聞いた。まったく彼女らしい。

「それよりもカレン、こう聞いたらどう？　引率してきたのは、あの老教授なんだから、彼の思うものがここにあるってことなんでしょう、それは何？」

アデールはカレンの言葉をうまく、自分流にまとめてフォッグとキースに質問した。

「それはこの木、一本一本ですよ。木が森をつくっている、森が地球をつくっているんです。森をつくることは地球をつくることなんだ。誰かの受けうりですけどね。陸地というのは、離れているようでも、みんな一つにつながっている。それはみんなこの地球という星の上にあるからだよ。世界中この地球上どこへ行っても、私の学問は通じるし、なくならない。私は私の考えを育んだ君達に、これから大いに貢献し、地球を守っていってもらいたいのだ。と、デューラー老教授がいつも言う言葉だよ」

フォッグがスラスラと言った。

「ええ、よくわかるわ。それで、フォッグ、老教授の言うようにその道を進むってこと？」

カレンが言った。

「そりゃ、そうさ」

「キースはどうなの」

アデールが聞いた。そして彼がまだ答えないうちに彼女は自分の考えを言った。

「あなたなら、老教授の言う道を進むといっても、私はうなずけるわ。聡明な感じがするから、違うかしら」

顔を伏せ時々上目づかいに見ながら、アデールは言った。どこか意味ありげな様子だ。

「ぼくがここに来たのは、フォッグもそうだけど、ちゃんと自分の自分達が歩むべき道を歩いてきたからなのさ。わかるかい、ほら、空を見て、空には飛ぶ鳥の道がある、って言うだろう。海には魚の道がある。人には人の行く道があるのさ、どう、これで答えになってるかな」

キースは、はにかんでアデールを見た。彼女は神妙な顔つきをしていた。その時、頭上を一羽の小鳥が飛ぶのが見えた。すかさず、フォッグが言った。

「あの鳥は、道をはぐれた、のか」

「君ならではのユーモアだと思うが、ぼくが言ったのは渡り鳥のことさ」

キースの意見もなんのその、フォッグは空を見上げてニヤニヤしていた。どちらも白人だが、こっちは髪は茶色で目の色も茶色だ。全体に黒っぽい系統のほうが落ち着きがあり、聡明で、頭の回転も良いという印象なのだがそれに見あうのは、アデールのほうだ。だがフォッグときたら、まるでカレンとそっくりだ。もちろん外見ではない。外見は金髪にブルーの目、で、これはキースの特徴だ。だが彼は至って聡明だ。なんてことだ、これじゃ男女逆のパターンではないか。いや今まで私の思っていたことがこれでくずれてしまったということか。だが、まてよ、たしか殺人はドラマチックだと言ってまわりの度胆を抜いたのはあの、金髪のカレンのほうだったな。このタイプは、バカだという私の考えはまだ希望がもてるかもしれんぞ。バーナードはにやりとした。もしこの先、何事かが起これば、あの小娘は、どんなことを発揮するかわからないではないか。彼はうなずいた。

「バーナードさん、どうしたんですか、思い出し笑いですか」

アデールに肘をつつかれて彼はビクッとして我に返った。冷や汗がにじみ出ているのがわかった。バーナードは、その場を適当にごまかしておいた。前方に、小さな木製の橋が見えてきた。

「ほら、あれが『しゃくなげ橋』ですよ。その下を流れる川は『逆川』だ。ガリスさんに教えてもらったんです」

バーナードは顎をしゃくって言った。カレンと、フォッグは、橋をめがけて走っていった。

「あの二人は、まるで子供のようだね。君達は行かないのかね」

バーナードが言った。

「歩いているんですから、あそこに着くことは間違いないんですよ。それよりこうしてアデールと歩きながらぼくの知らないことを聞きたいんだ。アデール、聞いてもかまわないかい」

キースは、聡明な顔にわずかな微笑をみせながら彼女に言った。

「ええ」

一言、アデールは言っただけだった。

「君達は、ただ観光に来ただけなの？　こんな言い方悪かったかな」

「そんなこと関係ないわ。本当にそうなんだから」

「うらやましいな。でもどうしてここを選んだの」

「ここは世界遺産になった所でしょう、ぜひ一度来てみたかったの。それだけのことよ」

アデールは、笑って言った。

「そうか。そういうことだよね、自分が来たかったから来た、観光旅行について、おおげさな理由なんか必要ないさ。そのおかげでぼく達は君達に会うことができたんだ。ぼくは嬉しいけど」

伏し目がちにキースが言った。

「私達もよ。同じ気持ちだわ。それでここにはどの位滞在するの？」

「だいたい十日位はここにいると思うんだけど、老教授次第だね。これは思わぬアクシデントだよ」

「まぁ、十日も？　それじゃお金がいくらあってもたりないわ」

「ホテルを変えて移動するという話もあるんだ。先のことは、まだ決められないと思うよ」

「移動するのね、老教授が早く元気になってくれないと先が見えないというわけね。たいへんなことになったわね、キース、同情するわ」

そこにバーナードが口をはさんだ。

「ああ、失礼。今から行く所は君達のような人達が利用できるらしいと、ガリスさんから聞いたんだが、そこに交渉してみたらいかがですかな。キース君。ついでに彼の仕事を手伝うという申し出もね」

「恐竜をつくる仕事を？」

キースはびっくりして目をむいた。

「かりにガリスさんがそうしてもいいと、言った場合だがね」

　バーナードは、急いであとの言葉をつけ加えた。

「まさかそんなことをガリスさんがオーケーを出すとは思いませんね。アマチュアになんか骨一本さわらせてはくれませんよ。それに、あの施設は博物館だと言ってましたよね。泊まったりできる所はないと思いますが、たいていの博物館がそうでしょう」

　キースは、なんと頼もしく、頼りがいのある男だと彼は思った。バーナードは、真面目な青年が好きだった。頭が良くて、聡明で、病弱で老いた教授を伴いながら、なおも勉学にはげもうとする彼を、バーナードは、心ならずも応援してやりたい気持ちになっていた。

「しゃくなげ橋」はすぐそこだった。先に着いていたフォッグとカレンは、さっきから笑ってばかりいた。アデールは、カレンの活発で物おじしない性格がうらやましかった。フォッグとは相性がよさそうだった。

「母親が冗談好きでね、ぼくが生まれたのが霧の濃い夜だったんだ。それでこの名前がついたんだ、まったく！」

　フォッグは、両手を広げて首を振った。

「いいじゃない、よく似合ってる」

そして、ニッと笑った。

「次は私ね、私の名前は正確にはねカレンジュラ・カレンというのよ。ラテン語で『月の第一日』という意味なの。とても気に入ってるわ。みんなは、カレンって言うけど。どう呼んでも同じだけどね」

フォッグは、驚いたように目をまるくして、へえっと言っただけだった。

「さて、目的地は近いぞ、あと半分だ。そうでしょうバーナードさん」

人なつこそうな笑みを見せて、フォッグが意気込んだ。


美しいカラマツの原生林を歩き、遠くで鋭い笛のようなシカの鳴き声に驚き、突然視界が開けたとたん、ハルゼミの騒々しい鳴きに会話は中断され、強い風に乗ってただよう甘い香りに心を酔わせたりと、退屈どころか好奇心にとんだ道中だった。このまま続けて歩くと、千手ケ浜（せんじゅがはま）に行くが、彼ら五人はその手前を左に曲がった。目指していたガリスの言う施設、「青少年環境施設」と日本語で大きく書かれていて、その下に英語で表示されていた。道路はここで行き止まりになっていて、その先には明るい森林が広がっていた。

施設の前で、仕事着の男性が二人、出たり引っこんだりしているのが見えた。この様子は、彼らに少なからず疑問をなげかけた。ただならぬ緊張感を感じとったからだった。

「どうしたのかしら」

カレンが言った。

「何かあったのかな」

フォッグがそう言った時、一人の男性が悲鳴をあげながら、頭を押さえて飛ぶように、大きなコンテナの陰にかくれた。

「もしや」

バーナードには思いあたるものがあった。すると、彼ら一行に気づいた男性の声がとんだ。

「来るな！　スズメバチがいるんだ！　頭を低くしろ！」

罵声にも似ていたその声は、真に迫っていた。

「やはりそうか」

バーナードは、わかったという合図をすると、辺りに厳重に注意を払いながら、彼ら四人の若者に話した。

「スズメバチのことなら、知ってますよ。ちょくちょく老教授と山へ入る時に話してくれましたから」

キースが冷静な態度で言った。

「私は、よくわからないわ」

カレンならきっとそう言うだろう。

「中には誰もいないのですか」

バーナードは、できるかぎり声をおさえて聞いた。そうしながらもバーナードは、ゆっくり慎重に彼のもとに歩み進めていった。四人の若者も同じだった。

「ストーン博士が中にいます」

ストーン博士？　ああ、ガリスのことだなとバーナードは思い出した。やがて、一行は男性のいる所までたどり着くと、呼吸を整えた。

「中は安全なのかね」

バーナードは聞いた。

「とんでもない！　一番危険です。天井にどうやら巣をつくるらしい。下見のやつらが数匹、這い回っているんです」

男性が答えた。

「何だって、そんな所でガリス君は何をしているんだ。自分の頭の上にスズメバチがいることを彼は知らないのだろうか」

「知ってますとも！　しかもあなたがおっしゃったように手の届く所で作業をしているんです。私もスズメバチの恐ろしさを知っていますので、早く機械を降りて、避難するように何度も呼びかけているんですが」

男性は、力つきたというように首をうなだれた。

「機械って何ですか」

バーナードは興奮して尋ねた。

「ウインチですよ、あれに乗って天井の具合を強化させると意気込んでいます」

男が言った。

「私は、中の様子を見てくる。ガリス君があまりにも無鉄砲なので心配なのだ。君達は、どうかここを動かないでくれ。もしまたあいつが来たら、じっとしていること、けして、騒いだり手で追い払ったりしないことだ、いいですね。キース君、頼んだよ」

バーナードは、責任能力のある彼に、一切を任せたのだった。

「わかりました、バーナードさん」

キースは力強く答えた。カレンとアデールは、くっついて足をガタガタさせていた。

バーナードは、ゆっくりとした調子でドアに向かった。ドアは自動ではなく手で開閉するものだった。彼が中に入ると、天井近くで機械に乗ったガリスがいた。彼は両腕を高くかかげて天井に何かを取りつけているらしく、電動ドリルが耳ざわりな金属音を立てていた。その周辺には、スズメバチが数匹羽音を立ててガリスのスキを狙っているかのようだった。

「ガリスさん、あんたは、何をやっているんですか！　どんな状況になっているかおわかりでしょうな、早く、そこから降りてきて下さいよ！　たいへんなことにならんうちに」

バーナードは、しぼり出すような声をはりあげた。

「バーナードさん、あなたはおわかりのはずだ。私には時間がない。スズメバチごときに驚いたりしている暇はないんですよ。私の邪魔をするつもりなら、今すぐ彼らを連れて帰って下さい」

その間中、ガリスは手を留めることはしなかった。振り向くと彼の背後に四人の若者がいて、困惑げな顔をしてガリスを見つめていた。

「ガリスさん、お気持ちはわかりますよ。一刻も無駄にはしたくないというお気持ちが…。しかし何かあっては、元も子もない。今あなたのやってることは、無防な行為ですぞ。ほら、スズメバチがもう一匹ふえましたよ。ひとまずそこから降りて下さい。連中を甘くみてはなりませんよ、ガリスさん」

精一杯の気持ちを彼に伝えたバーナードは、次第に嫌な予感がして、とうとうこの場を彼らとともに立ち去ってしまった。どんな言葉にも耳を貸そうとしないガリスは、汗だくになりながら、手こずっていた金具をようやく取り付けることができて、ホッとし、大きく深く息をはいた。しつこく天井周辺を飛びまわっているスズメバチをにらみつけると、ガリスは舌打ちした。

その夜遅く、ガリスは生涯を終えた。死因はスズメバチによる中毒死だった。「しゃくなげ山荘」で最後に会ったのは、バーナードと、四人の若者、ということになってしまった。

バーナードは、昼間の一件を思いめぐらせていた。あれをケンカ別れとは、彼は思いたくなかった。彼は忠告をしたにすぎないのだ。

最初からあの施設にいた二人の男性にも、何度も忠告を受けていたはずだった。いかに時間に追われていたとはいえ、あまりに無知で無防な行為なことか。古生物学会では偉大な学者を失ってしまったといえよう。

今朝は悲しみに包まれた中での食事だった。

朝食をすませた人達が出ていってしまうと、最後に残ったのはバーナードと四人の男女だけになった。一夜明けても彼らはまだ興奮がさめやらず、目の前のベーコンエッグが少しも減っていなかった。

バーナードとガリスが、深夜のラウンジで語りあったのを最後に、誰もが信じられないといった顔でおたがいを見ていた。一転して起こった不幸な事故に彼らの誰もが安眠できずにいた。

食堂を出て、近くにある「あずま屋」に集まった。花の咲いているそばの芝生の上で日光浴をしようと言ったのだが女性達が嫌がったためだった。

「スズメバチの一件を考えると、ここの移動はもう少し考えたほうがいいと思う。あるいは、なかったことにしてもいいとそう考えてるんです」

キースは、自分の意見をバーナードに言った。彼は、ウム、と言ったきり何も言わなかった。

「だけど、残念だったなぁ、空飛ぶ恐竜が完成したところを、見てみたかったよ。それにこんなこと言うのもなんだけど、ガリスさんは意固地になっていたような気もするなぁ」

フォッグが言った。そしてみんなの顔色を窺ったが同調してくれる者はいなかった。

「死んでしまったらどうしようもないじゃない」

カレンが言った。そしてすぐこう続けた。

「ここは山の中なんだから、ハチぐらいいるでしょうに。そんなの、わかりきったことよ。時間なんかどうにでもなるでしょう。ハチの集団に襲われて、追っ払うのに手間どって、一日遅れた、とかなんとか、その場の状況なんか相手にわかりっこないんだから、うまく言って納得させりゃよかったのよ」

「最初はゆとりがあったけど、いきなり期日を縮められたら、誰だってパニックにおちいってしまうだろう。ガリスさんは、真面目な人らしいから。カレンの言うように、相手をうまくまるめこもうなんて考えは、あの人の頭の中には最初からなかったんだと思うよ」

と、彼女のあとを引きついでフォッグが言った。

するとまた、カレンが、怒ったように言った。

「山の中ですものどんなハプニングだって起こるわよ！　それを想定しなきゃ、こんな場所での仕事はつとまらないわ。それに、ガリスさんて、妙なプライドがあるのね。バーナードさんの必死の呼びかけにもちっとも耳を貸そうとしなかったじゃないの」

だから死んでしまったのだ。自業自得だと言わんばかりの剣幕でカレンは言い続けた。カレンの意見を聞きながら、死んだ者に対するあわれみをこめた表情で彼女を見ていたアデールは、言葉少なに控え目に言った。

「ハチに刺された話はよく聞くけど、私が一番思うのは、ハチに刺されたぐらいで人はほんとにあのようにあっさりと死んでしまうものなのかしらって思ったわ」

彼女は、答えを求めるように、バーナードを見た。

「だらしがない、大人げないわ」

即座にカレンが言葉を投げた。

「それは言いすぎだよ、カレン。大人だからこそ、強行したんじゃないのかな」

キースが異見を唱えた。彼の話はこの先続きそうな気配があった。

バーナードは口を開くことが出来ず、彼らの話の中のスキを狙うしかなかった。

「カレンの言った、ガリスさんはプライドが高いという話だけど、ハチぐらいであっさり引き下がったのでは、逆に素直すぎて笑いものになってしまうと思うんだ。そりゃ誰にだって、プライドは持ってるものさ。君だってそうだろうカレン。もちろんぼくだってフォッグだって、バーナードさんだってアデールにだってあるものなんだ。ぼくはそう思ってる。

ガリスさんは大人であるけど、その前に仕事をする人なんだよ。それを忘れちゃいけないな。なまいきなことを言うことはわかってる。六ヶ月だったのが大幅に短縮されて二週間になってしまったということで、その間に翼竜の完成を見なければならなかったんだよ。半年から二週間だよ。ものすごく焦ったと思うよ。聞いたぼくだって焦ったほどだからね。できるのかな、ガリスさんてね、頭の中で計画を練っても、実際は思うようにはいかなかったのさ。だけど、ガリスさんはとにかくやろうとしていたんだ。そのことだけがガリスさんの頭の中にあったとそう考えたいんだ」

キースの長々とした話はここで一段落ついた。

「だからスズメバチになんかかまってる暇はなかったというのね」

アデールが言った。

「なるほどよくわかるわ。私達みたいに気楽にその日をすごすということではないということなのね。ガリスさんは仕事できていたんですものね」

カレンが言った。するとキースが反逆するように言った。

「君達はそうかもしれないが、ぼく達はそうはいかないんだ。きちんと決められたスケジュールをすごさなくてはならないんだからね」

「そういうことさ。カレンの言うようなことは、ぼく達にはあてはまらないということだよ。ちょっと残念だけど」

これこそ気楽な調子でフォッグが言ってニヤリとしてみせた。

その時、背後の茂みの近くで声がしたので、びっくりしてみんなは振り返った。

「やあ、やっぱりそうだった。聞き覚えのある声だったのでもしやと思って来てみたんですよ」

デューラー老教授だった。ここに来て倒れて以来、久しぶりに見た老教授は、「あずま屋」のわずか数段ばかりの階段を登るにしても気の毒なほど、ヨロヨロとしていて、アデールとカレンが思わず手を差し出して走り寄っていったほどだった。

「デューラー老教授、もう歩いて大丈夫なんですか」

キースが尋ねた。

「ああ、なに、もう心配はいらんよ。宿に来てくれた医者が無理をせずにしていれば、大丈夫だとそう言っておったからね。まったくこんなことになるとは、不覚だったよ」

病気をしたからなのか、話す声がわずかにしわがれているようで、それがキースとフォッグには気になった。

「君達の部屋に行っても誰もいないようなので、きっと外にいるんだろうと思って来てみたんですよ。ここはほんとに気持ちがいいからね。だが、ここにいるより、あそこの青々とした芝生の上のほうが、はるかに気持ちがいいと思うんだがねえ」

やさしげな微笑だった。老教授は言った。

「ここにいれば日に焼けずにすみますからな、お若いあなた方には。それに見てごらんなさい。もうすぐ山ツツジが花を開きそうですよ。もう、しゃくなげは終わりらしいですね、さぞきれいだったことでしょう」

四人の若者達は、不思議そうに老教授を見つめていた。彼らが何かを心に思い、言いしぶっているのを老教授は見破ったように言った。

「ガリスさんのことは本当にお気の毒でした」

えっと言うようにみんなの顔が驚いた。

「ギリアン婦人が教えてくれましたよ」

「そうでしたか。今私達はそのことやその他のことでいろいろ話しあっていたんです」

キースが少ししんみりとした調子で言った。

「バーナードさんが来るわ」

カレンが小さな声で言うと、みんなの顔がそちらを向いた。

「彼も一人では、何をするにも気が乗らないらしいですな」

老教授がポツリと言った。

「やあ、みなさんおそろいですね。や、これはデューラーさんじゃありませんか。お体のほうはもうよろしいのですか。この人達はとても心配していましたよ。一日に何度もあなたの身を案じていましたからね」

調子いいようなことを言いながら彼はカレンの隣に座った。嘘ばっかり、といった顔つきを見せてカレンは思わず微笑をもらした。

「みなさんには、すっかり心配かけてしまいました。ところで知識として話しておこうと思います。スズメバチに刺されて死亡する多くの原因は、ある種のアレルギー反応によるものだ。くわしいことははぶきますがね。初めて刺された人には起こらないが、次に刺された時には、抗原抗体反応が起こり血圧が急激に低下するというショック状態を起こす。これには二つの原因があって、アレルギーとなる毒液をたくさん注入された時と、毒液が少なくても、血液中を駆けめぐる場合で、運動誘発と呼ばれるものだ。わかるかね」

老教授はキースとフォッグを見た。

「いえ、わかりません」

キースが言った。

「だいぶ潔いね、キース。よく覚えておいて下さい。一生涯、役に立つ知識ですからね」

デューラー老教授は、みんなに釘を刺した。そして彼は、しわがれた声でみんなに言った。

「君はもしハチに刺された時、どうすると思う。キース、答えてみなさい」

彼は、あの時の記憶をまさぐった。あれはいきなり出合った突発的な事件だった。言い方を変えれば、突発的な実践的な教育だといえるまさに危険な教育といえるものだった。しかしキースは、人の言うことにしたがって頭を低くしたまま、逃げだしたにすぎない。博物館の中で、ガリスがどうなっているのか考える余裕はなかったのだ。

「走って逃げました」

そう答えるのがいっぱいだった。

「そうだろうね。そうすると、血流が速くなって、毒液が体中を回る。するとどうなると思う。もし先のアレルギーがあったとすればヒスタミンという物質が大量に作られて、ショックが起こりやすくなるのだ。これが運動誘発なのだよ。これは最もさけなければならないことの一つだ。だが、ハチに刺されて、今までどおり冷静でいられるはずもない。そこで応急処置としてかきむしったり薬を塗ったり包帯をまいたりなどやってしまうものだが、刺されたところはいじらないで、すぐに病院で手当てをすることがいいのだ。今度はどうかね、キース」

老教授は、深く呼吸しながら彼を見て言った。

「ええ、よく理解できました。教授の言われることを頭の中に描いてみて、なるほどと納得することができました」

誰も何も言う者はいなかった。ハチに刺されなくても、彼らにはショックが強すぎたようだった。

老教授はさらに言葉をそえた。

「それともう一つ、忘れてならないことがある。身だしなみは大切なことだが、いきすぎはいかんよ。香水やら整髪料やらのきつすぎた香りは、くれぐれも注意することだ。突然、ハチが接近してきた場合は、手で振り払ったりして、大騒ぎをしてハチをしげきしないことだ。静かにしていればやがてハチはどこかへ行ってしまう。最初に飛んでくるハチはパトロールの役目をもったハチだ。何も異常なしとわかれば警告を発しただけで、どこかへ行ってしまう」

「すばらしい講義でした、老教授」

キースが顔を紅潮させて言った。他のみんなから思わず拍手が出た。

バーナードは、自分の行為を思い描いて、少し顔を赤らめたが、誰も気づく者はいなかった。

「ガリスさんは、なんといってもお気の毒だったわね」

「あのにくいスズメバチさえこなかったら、ガリスさんは今も元気なはずだったわ。死ぬのは早すぎたわよ」

カレンとアデールが言葉をかわしたあと、フォッグが身を乗り出して老教授に質問した。

「教授、ガリスさんは、なぜ死んだのでしょう。今までのお話をガリスさんにあてはめた場合、どのように考えればいいんでしょう」

フォッグにしては、少し真面目すぎて、不似合いな気もするが。

だが老教授はやさしくうなずくと、別の質問を向けた。

「答える前に、あの時のガリスさんがどのような状態にあったのか一緒にいた人は誰か説明してもらえるかね」

すると、キースでもない、フォッグでもない別の声が言った。

「私が説明しましょう」

バーナードが、自信ありげにそう言った。彼は、こと細かく説明した。

「ありがとう、それですっかりわかりました。思ったとおりでした。おそらくストーン博士の場合、時間に追われているとかで、忙しく動きまわっていた。体は熱を発していただろう、そこへ毒を大量に注入されたんだからね、スズメバチの。つまり、ストーン博士はたくさんのスズメバチに刺されたが、ある程度逃げまわったと思う。だが毒はさらに血流に乗って体中をかけめぐり、ショック死したのだと、私は考える」

みんなは、だまって老教授の話を聞いていた。

「するとガリスさんは以前にスズメバチに刺されてアレルギーとなる毒を持っていたということになりますな」

老教授の話を聞いていたバーナードが結論を出すように言った。

「ぼくも同じように考えていました」

　キースがバーナードと同意するように言った。

「勇気を出すんです。こわがっていてはダメだ。思ったことや考えがあるならどんどん言葉に出すべきです」

「ガリスさんは、きっとそんなことはわかっていたと思うわ。でも仕事の期限はどうしても守らなければならないし、そうしなければならなかったんだわ。かわいそうなガリスさん」

「私は彼に警告したんです。早くそこから逃げるように。でも彼は逃げなかった。そして仕事を取った、のですよ」

「みんなでガリスさんの冥福を祈ろう」

　みんなの胸に熱いものがこみあげてくるのだった。

　デューラー老教授は、ベンチに腰を下ろし庭園を眺めていた。

「しゃくなげ山荘」というだけあって、庭の至る所にしゃくなげの植え込みがあった。

　花はすでに所々終わっていたが、いきいきと陽を受けて、輝く緑の葉が美しかった。最後のしゃくなげの花にハチが一匹、小さな羽音を立てていた。

しゃくなげの茂みの向こうから、男女の二人連れが姿を現した。おたがい目が合って、女性が軽く会釈をし、微笑をかわした。彼らは中年を少しすぎていて、男性のほうは伏し目がちだった。白い杖をついていることで目が見えないことを周囲の者に知らせているのだ。婦人は、大きな白いつばのある帽子をかぶって、白と黒の水玉のドレスを着ていた。全体に洗練されていて、どこから見ても上品さがにじみ出ていた。

その時、男性がよろめき、杖を離してしまった。婦人が小さな声をあげ、男性の体を転倒からかばった。それを見た老教授は、立ち上がり走り寄ろうとした。が足が思うように動かなかった。

「お目がご不自由なのでいらっしゃるのですか。こちらへ、ベンチにお座りなさい。ご安心下さい。私はアルフレッド・デューラー教授です。教え子達は、みんな老教授と言いますよ。私はかまいません、親しみをこめてそう呼んでいるのだと思っているからです」

そう言うと老教授は、しわがれた声で笑った。

「私は、パティ。こちらは夫のウインスロウ・レイです。ご親切にしていただいて、ありがとうございます」

彼女は言った。笑顔のステキな夫人だった。夫のウインスロウも、言葉はなかったた。

が、微笑を含んだ顔を見せていた。やはりご夫婦だったか、老教授は腹の中で思った。

「無礼かと存じますが、どちらにお泊まりになっておられるのですか。初めてお見かけいたしましたので、もしお気を悪くなさらなければと」

老教授は、他に適当な会話が見つからず、苦しまぎれに出た言葉だったが、言ってしまってから、これはまずかったかな、と一瞬悔やんだ。彼らは、どうしようか迷っている様子にも見えたからだった。

「あ、いやいや、お気になさらないで下さい。私は会話が苦手でしてね、相手のことも考えずに、その場で思ったことを言ってしまう。専門外なことは苦手ですな」

ウインスロウは、妻の手を握りしめた。またも彼は、笑いたくもないのに笑って、ごまかした。夫人が、顔を上げ帽子の陰から老教授を見上げて言った。

「私達、こちらの山荘にごやっかいになっておりますの。初めてお目にかかるのは、私達も同じですわ。といいますのも、私の夫はごらんのとおりの体ですので。だからといって、人前に出るのが嫌なわけではないのですが、いろいろと精神的なこともございまして、お察しいただけたらと存じます。そのようなことで、お食事はお部屋でとることにしているのです」

パティは、歯切れのよい口調で言った。

「なるほど、そのような理由でしたか。ぶしつけなことをお尋ねしてしまいました」

老教授は、この夫人がいたく気に入った。そして腰を下ろしてはいたが、深々と頭を下げた。

「そのようなことをされると、こまりますわ。ところで、今、専門とおっしゃったようですが、何がご専門なのでしょうか。もし、お差し支えがないようでしたら、お伺いしてもよろしいかしら」

パティは、興味を持ったらしく、老教授が言った言葉を忘れてはいなかった。

「はあ、喜んでお答えしましょう。私は今、教え子の研究課題の手引きをしてまいっているところでしてね。日本や世界各地の森林を歩いて、今の地球に与える影響と環境を調査して回っているのですが、ところが、つい先日のこと、思わぬことで風邪を引いてしまいましてね。昨日の午後からようやく起き上がれるようになりましたんで」

老教授の言葉に、パティは驚いたように目をみはった。

「今日は、幾分気持ちが楽なので、ここに座って、テルペンをいっぱいあびているところですよ」

「テルペン？」

夫人の美しい眉が中央に寄った。

「これは失礼。つまり森林浴ですよ。森から放出されるテルペンという物質が一番多いのは、夏が一番なのですよ。これからが本番といえるでしょうな」

老教授は、立ち上がると、両手をいっぱい広げて、おいしい空気を吸った。

「空気に色がついているとしたら、何色だとお思いになります、夫人」

老教授は、振り向いてパティに質問してみた。その顔は、笑っていたが、見下すような笑顔ではなかった。彼女は、考えていた。

「そうですわねえ。誰もが思っていることでしょうけど」

と、彼女は言った。

「ほう、そしてそれは」

老教授は、自分も彼女の真剣さに引きこまれていた。

「それはやっぱり緑ですわ」

笑顔で彼女は答えた。

そして、夫の手を握りしめると、その手を軽くたたいた。夫も彼女のユーモアに引きつられるかのように笑顔になった。その時、ウインスロウが言った。

「甘い香りがするようだが」

「それはきっと『かつら』の木ですよ」

老教授がやさしく言った。

「この近くにかつらの木があるんですね。風で葉がこすれたりすると、甘い香りを出すんですよ」

「そうですか、それは楽しい」

ウインスロウは、笑顔を浮かべて言った。

「あのう、先日、どなたかお亡くなりになられたと、人伝えに聞いたのですが、本当ですの」

パティが不安気な様子を見せながら言った。

「本当です。こちらの『しゃくなげ山荘』に宿をとっておられた男の方ですよ。古生物学者のガリス・ストーン博士というとても勇気のある、立派な人でした」

「それじゃ、やっぱり本当だったのですね。その方をご存じでしたの、デューラーさん」

「最初から知っていたというわけではありませんで、同じ宿の住人といったことから顔を合わせているうちに仲良しになった、という次第です。彼からいろいろと、興味深いことを教わることができました」

「そうですの、お気の毒に。きっと観光でいらしたのでしょうね。ここはとてもすてきな所ですもの」

「それが少し違うようですね。ストーン博士は、仕事でこられていたようです。最も、教え子達が話してくれたことを、そのままお二人にお話ししているのですが」

「まぁ、お仕事で。でも、何でお亡くなりになられたのです」

「スズメバチにやられたらしいですよ。なんともお気の毒なことです」

パティは言葉を失った。


カレンとアデール、それとキースとフォッグの四人はガリスの死後、興奮と好奇心に満ちあふれていた。それというのも、あの例の施設にもう別の人が代わりにやってきて、また恐竜を展示するらしいといううわさを聞いたからだった。

「もう二週間を切ってるというのに、それに間に合うのかしら」

「人のうわさなんて信じちゃダメさ。知りたければ直接会って聞くことだよ。向こうだってぼく達が興味あることを見せれば嫌な顔はできないだろう」

いかにもキースの言うことはもっともな話だ。

「嫌な顔どころか、大歓迎だと思うよ。だから早く行こう！」

フォッグがおしゃべりより先を急ぐことをせっついた。

「今度来る人って、どんな感じの人かしら、やっぱり男の人かしら」

「中年すぎのお腹のでっぷりと突き出た、頭のハゲあがった脂ぎった、ゼイゼイいわせたおっさんとか？」

「まぁ、なんていやらしい！　そんなことより早くいこう！」

「青少年環境施設」の前に、来ると中年の女がこちらに背を向けて立っていた。黄色がかった短い髪で全体に張り付くように生えている。服装は、いかにも無頓着といったふうで、あまりパッとしないジャケットをはおって、スカートなんかはいたことがないだろうと思わせる、ジーンズの似合う太い足には、色の判別のつかないスニーカーをはいていた。どうも見覚えのあるような、女の後姿だった。

「今度、来る人って、ことかな」

フォッグがうす笑いを浮かべて言った。

「彼女なら、恐竜の一つや二つ、わけなく扱えるようだ」

キースも冗談を交えた。その時、女がこちらを向いた。

「あらギリアン婦人だわ、彼女が恐竜に興味があるとは知らなかったわ」

カレンが言った。やっぱり見たことのある後姿だと思った。

「こ、こんにちは、ギリアン婦人」

おじけづいたような、つまずいた挨拶をしたカレンは、思わず冷や汗をかいた。

「あら、あなた方だったの。随分元気がよさそうじゃないの。あのご老体の調子はその後どう？」

彼女の声はなんとその容姿にぴったりした、太くて力のある重々しい声だった。まるで男のようだとみんなは心に思ったほどだ。それに、やさしいところもあるようだ。老教授のことを心配してくれているらしい。

「ありがとうございます。ギリアン婦人。おかげでだいぶいいようです。もう元気に歩いていますよ」

キースが、四人を代表して言った。

「そうらしいわね」

あとは何も聞かなくてもわかっていると言わんばかりの言葉の調子だった。それはやさしさをおびていたためなのか不思議なことに彼らは気分を害するようなことはなかったのだった。

ギリアン婦人を先頭に四人はあとに続いて中に入った。ドアがあくと、最初に驚かされるのは、目立つ所にすっかり骨組みが形をなした恐竜が、大きく口を開けて侵入者をにらみつけていることだった。

小さな子供なら、きっと泣き出してしまうに違いない。動かないとわかっていても妙にそら恐ろしい気分だ。おそるおそるといった感じでひと回りしたあと、次はどういうわけか天井へと目が移る。スズメバチをおそれて無意識になせることかもしれない。彼ら四人は、何をか思う。

天井まで届く長いきゃたつの上に乗って、ガリスが次に組み立てようとしていた翼竜のために、空飛ぶ恐竜としての骨格を押さえるためのものを、取り付けようとしていたのだろう、ということが、ありありと想像できるのだった。その証拠となるものがあちらこちらに取り付けられたままになっていた。新しくやってきた人は、それを受けつぐのだろうか。彼らの頭はさまざまな想像でごった返していた。

ギリアン婦人は両腕を胸の位置で組みながら、たえず移動しながら、何かを頭に描いているようだった。ギリアン婦人のような人が、こんな所に興味があるのだろうか？　これは四人が思うところだった。のちに彼らは大いに語りあったのだった。

数人の見物客が何もない所に興味を示したようで不思議そうに部屋の中を見まわしていた。奥から若い女性がニコニコと微笑を浮かべながらギリアン婦人の前で立ち止まった。彼女は、笑顔をみせて言った。

「こんにちは、ジョアン・ベッシィです。ようこそと言いたいのですが、ごらんのとおりまだ何もありませんのよ。でも、しばらくするととてもすてきですごいものが展示されるんです。なんだとお思いになります？　古代の遺物、ここにもありますが、恐竜なんです。結構時間がかかるんですよ。みなさん方が想像されるような大きなものじゃなくてかなり小さいんです。それでも立派な恐竜ですわ。翼竜というんです。あなた方も興味があって、見学にこられたのでしょう」

そう言ってジョアンは、キースとフォッグの顔に視線を移した。さらに彼女は言葉を続けた。

「こういったものには誰でも興味をそそられるものですわ。長くなりましたけど、今度私がここを引き受けることになりましたのよ。先任の方のことは聞きました。ほんとにお気の毒なことですわ。でも、そのおかげで私がここを任されることになったんですもの、よりいっそう頑張るつもりです。こう言いましても、先任の方のご不幸を喜んでいるわけではありませんのよ。私は私なりにやっていこうと思ってるんです。それじゃ、失礼します。私にとって、初めての大仕事ですから、いろいろと準備がありますので。そっけなく思われたらごめんなさい。期日中に終わらせないといけませんので」

とびきりの笑顔を残してジョアン・ベッシィはドアの向こうに消えた。今度から、ここで仕事をすることになったのなら、聞きたいことが山ほどあったのに、いきなり登場して、いきなりの退散なんて、ジョアン・ベッシィ、か。彼女も何かありそうな感じに思える。聡明なキースの頭は、早くも何事かを感じていた。

電気で走る、低公害バスの中は、定員オーバーもはなはだしいほど混雑していた。やがて目的地に着くと、熟した豆がはじけるようにピョンピョンと人々が次々に降りてきた。やっとのことでバスを降りた中年の夫婦がいた。男の方は白い杖をついていた。二人は、これからどうしたものやら、とまどいながら不安げにそこにとどまっていた。すると、話しかける男があった。

「おや、これはどなたかと思えばレイ夫人ではありませんか。私をお忘れですか、ビル・ゲラーですよ。ほら、いつぞやは酔って歩いていた私が夫人の大切なドレスに失態をやらかしてしまいました。あのゲラーですよ」

ビル・ゲラーは、そう言って笑い顔を見せた。

「ああ、あの時の、ええ思い出しましたわ。主人を紹介しますわ。こちらビル・ゲラーさん、夫のウインスロウですわ」

パティは、傍らの夫を彼に紹介した。

「ウインスロウです。初めてお目にかかります、と言ってもこの目では、あなたを拝見することはできませんが、どうぞよろしく」

彼は、さっと片手を出して言った。

「これはどうも」

ビル・ゲラーは、少しもじもじしながら、握手をかわした。

「今のバスに乗っておられましたか」

ビル・ゲラーが聞いた。

「ええ、そうです」

ウインスロウが答えた。

「たいへん混雑してましたな。実は私もバスのうしろのほうに乗っていましてね。誰かに思いきり足をふまれましたよ。しかし、お目が悪い方には、さぞやたいへんな思いをなさったんじゃありませんか」

同情して言っているというようなものではなかった。ビル・ゲラーは遠慮なしに思ったことをズバズバ言った。これを聞くとパティは、怒りを含んだ声で言った。

「ビル・ゲラーさんの今のおっしゃり方をお借りして言えばさぞかし、周囲にいた人達も、たいへんな思いをしていたに違いありませんでしょう。でも、せっかく、ここまでやってきたのですもの。もはやかまいやしないと考えを変えたのです。まわりの方々のことばかりを考えて、どこにも出かけられないなんて、あまり自分がみじめすぎると考えたのです。今のような混雑したバスに乗って、私達もまわりにいた人達も、たいへん気を使い、不満ももたせ、疲れさせてしまいますことは、承知していますす。ですが、自分達も満足感を味わいたいのです。たとえ、——いいえ、私ったらビル・ゲラーさんに何ということを言ってしまったのかしら、ごめんなさい。傷つけられたように思ってしまったんです。私達本当に、ときどきわけがわからなくなってしまって本当にごめんなさい」

話しているうちに熱がこもって激高してしまったことをパティはビル・ゲラーにわびた。その時、ウインスロウが静かな声で言った。

「すまないと思っているパティ、元はと言えば私のわがままから始まったのだからね。君の苦しむ気持ちはよくわかるよ。だがもうその必要もおしまいだ。そろそろここを出てもいいと考えているんだよ。君さえよければ、明日にでも」

思いもよらない夫の言葉に、パティは驚き、ウインスロウを見つめた。そして冷静さを取り戻すと、彼女は言った。

「私は、そんなつもりで言ったんじゃないんですよ。どういうわけか、無性に腹立たしさがこみあげてきてしまって、あまり言いたくないことを、言ってしまったようですわ。でも、ウインスロウ、そのお話はまたにしましょう。今は楽しみたいの、いいでしょう」

「わかった、君の思いどおりにするといい」

「ありがとう、あなた」

パティはやさしく微笑み、目を伏せた。

「あのう、お二人はこれからどちらに行かれようとしていたんですか」

二人の様子を窺っていたビル・ゲラーが、申し訳なさそうな声で言った。するとパティはニッコリとして、言った。

「なんだかこの辺りだと思うんですけど、恐竜が展示されている博物館のような所があるらしいと――。お宿でどなたかがお話をされているのを聞きましてね、それでは私達も行ってみましょうということになって、やってきたのですが――」

パティは、こまりはてたといった顔をビル・ゲラーに向けた。

彼は、彼女の顔の表情を読み取ると、こう言った。

「道がわからないと、おっしゃるのですね。でしたら、ご案内いたしましょう、私でよければ」

「案内して下さるんですって？　本当ですの？　ですが、道を教えて下されば、二人だけで行けますよ、ねえウインスロウ、そうでしょう？」

するど、間髪いれずにビル・ゲラーが言い放った。

「遠慮はいりません。ご心配もいりません。どうかここは私の気のすむようにさせていただきたいのです。これは私の罪ほろぼしをさせていただくつもりでおりますので、どうかそうして下さい」

ウインスロウの表情が、変わった。それを見たビル・ゲラーは、夫人がまだあのことを話していないのではないかと直感した。

「私が罪ほろぼしといいましたのには、訳がありまして、といいますのも私が酔っぱらってフラフラとしながら、ご夫人のドレスにお茶をかけてしまったんです。私が弁償しますと申し出ても、夫人はお断わりになりました。それでは私の気持ちがおさまりません。ですがやっとその気持ちも落ち着くことになりそうです。お二人には感謝いたします。ありがとうございます」

ビル・ゲラーは、長々とのべた。あと、言葉の調子を変えて言った。

「さあ、足元にご注意なさって、まいりましょうか」

ビル・ゲラーは、嬉しそうに微笑むと、先に立って歩いた。角を曲がって、大きな広い道路に出た。両脇にカラマツの原生林がずっと奥まで続いていて、歩く道は舗装はしていなかったので、山の中という趣を存分に味わうことができた。

ギリアン婦人は、考えていた。大人は、うぬぼれが強い。大人でないほうがいいかもしれない。彼らを使おう。なんといっても純粋だし、相手にも妙な偏見を持たれはしないだろう。

大人、子供の関係なしに、事件というものには絶大な関心があるものだ。できるなら、自分が一人で解決してみようと、大いにいどむ者も出てくるだろう。それでもいい。――だが、うまく乗ってくるだろうか、そうだ、彼女がいる。しかし、頭の回転に少し問題があるところが気になるが――。

ギリアン婦人は、いつ現れるかわからない彼らを、待っていた。湖に手をぬらすと、ぬるいお湯の中に入れているような気がした。とんぼが湖面すれすれに飛ぶのが目についた。とんぼは涼しい高原で夏をすごし、その後、里に下りてくるのだという。見あげると、空も湖もすみきった青い色をしていた。とんぼの群れを目で追いかけながら、時をすごしていると、聞き覚えのある話し声が耳に入ってきた。

観光客にまぎれて歩いている彼らの姿を、ギリアン婦人は、目ざとく見つけると、彼らに向かって手を振った。彼ら四人の足が止まった。そのままどうしたものか値ぶみでもしている様子だ。ぼんやりと四つの顔がこちらに向けられたまま、彼らは動じない。彼らには、手を振った相手が誰だか十分わかっていた。どうして自分達に手を振ったりなどするのだろうか。こんな疑問が彼らをとりまいていることだろう。

ギリアン婦人は、含み笑いをしながら、もう一度手を振り、さらにおいでおいでをしてみせた。そして彼ら四人は、やっと、おそるおそるこちらへ向かって歩き始めた。ギリアン婦人は、彼らが近くにやってくるまで、ニコニコと微笑をたやさなかった。この場は、話をするのに、十分な静けさだったし、まわりに都合の悪いものは何もなかった。

「みんな、よく来てくれたわ、ありがとう」

と、最初にギリアン婦人は言ったが、別に彼女に呼ばれたわけではないのだ。

「でも、ここまで来るのには、勇気がいったとみえるわね。私が手を振ったので驚いたんじゃないの」

誰も、何も言わなかったし、笑うことはなかった。ただ珍しいものでも眺めるように、四人とも並んで見つめるばかりだった。

「よけいなおしゃべりは、このくらいにしておくわ。みんなに話があるの、その辺に腰を下ろして楽にしてね」

ギリアン婦人が言うとようやく四人は我に返ったかのように、息をふき返し、婦人を囲むようにして座った。

ここにあるのは草や木、それと砂利の続く小さな波打ちぎわだけだ。彼女は、そんな所に腰を下ろせというのだ。いったいどうして。彼女がそんなことを言うのだ。彼女が四人を待っていただって？　ギリアン婦人とはいったい何者なのだ。

ギリアン婦人は、彼らの様子が以前とは違うことを感じていた。その理由も少なからずわかったように彼女は感じていた。それというのは、彼女自身がとってきた今までの行動や態度が、彼らに不満と不信を持たせてしまっていたということなのだ。だが、ここにきて、その考えをすてなくてはならなくなったことを悟ったのだった。理由はというと、そんな大げさなことではないのだが、今のところ。

「紹介が遅れて、ごめんなさい。私は刑事なの。ロス警察の。今は休暇中でね、やっと念願の日本に来れたというわけ。あまり友達をつくると職業を言わなくてはならないから、ずっと一人ですごそうと、決めてたのよ」

ギリアン婦人の正体を知って四人はびっくりしたように突っ立っていた。次に、ギリアン婦人がここにいるということは、どうしてなのだ？　とか、なぜ自分達に正体を明かしたのか？　などなど、四人は思い思いのことを発して、婦人があわてて注意をする羽目になった。

　みんなは、何かの事件の犯人をここまで追ってやってきたのに違いない、という思いを強く秘めて疑わなかった。しかし、ギリアン婦人が何も言わないので口には出さなかった。みんなの視線は、婦人の口元に注がれていた。

「ガリスさんがあの事故にあって死んでからというもの、どうも気になってね。長年の経験の賜物なんでしょうね。仕事が頭をもたげてくるのよ」

　ギリアン婦人が言った。

「落ち着かないんですね」

　カレンが、勢い込んだように言った。

「そう。おかしな話だと思うでしょう。スズメバチに刺されて彼は死んだのに、自分だって、その死に方には納得しているし、気にすることはないのに、なぜか気になってね」

　ギリアン婦人は、そう言って、フッと笑みをもらした。

「この仕事がお好きなんですね。あ、すみません」

フォッグが、調子づいて言ったことを急いで謝った。

「そのとおりよ。フォッグ、フォッグ、フォッグと言ったわね。こんな体力仕事、好きじゃなくてはやってられないわ。それと誇りを持ってるしね」

ギリアン婦人と、こんなおしゃべりをしたのは、驚くべきことだった。話の内容もまさにそうだ。まさか白昼夢でも見ているんじゃないかとさえ、勘ぐってしまいそうだ。

「あんたがカレンさんだったわね。活発そうな女性ね。ガリスさんの死んだこの件に対して、感想を聞かせてほしいんだけど」

カレンは、ドキリとして、ギリアン婦人を、見つめた。みんなの目もカレンにくぎづけになっていた。しばらく口ごもっていたが、やっと自分の言わなければならないことを、カレンは言うことができた。

「私、感想なんて、まったくわからないわ」

声はしっかりとしていた。

「どうして、わからないってどういうこと」

「ガリスさんは、スズメバチに刺されて、毒が回って、死んだということは、みんなが知っていることだわ」

カレンは、みんなに聞こえる程度の声で言った。

「みんなが知っていること？　つまりそのことは信じているということになるわ、ね、そうでしょう」

ギリアン婦人の声の調子は鋭く聞こえた。

「でもまあ、それはそれとして、保留にしておきましょう。ところでカレン、本当のことを話してみたらどう？　なにかしら心の中に疑問を持ってるんじゃないの？」

「疑問ですって？　私が!?　どうしてそんなこと！　いったい何のことよ！」

カレンは、あっけにとられた調子で言った。

ギリアン婦人の目は、ジリジリと犯人を追いつめていこうとする虎の目に似ていた。カレンは、すっかりこまりはてている様子が、他のみんなの目に映った。彼らは、追いつめられているカレンをなんとかしてやりたいと思う気持ちと、どうしてカレンは何もまともなことが言えないんだ、といった二つのイライラした気持ちが、ぶつかりあっていた。

「どうして私が!?　わからないわ」

カレンは、同じことを言うと、泣き出しそうな顔になって、みんなを見た。

「何を言ってるの、カレン、あんた自分の言ったこと忘れたわけじゃないでしょうね。殺人事件は、こんなロマンチックな場所で起きてこそふさわしいなどと、レストランでみんなのいる前で言ったことわかってるでしょう。だから聞いてるのに。あんたったら、ちっとも、ちんぷんかんぷんなんだから」

ガミガミと、ギリアン婦人は言った。カレンには、ようやく婦人の意図が理解できたようだった。急ににっこりすると、彼女はいっそうリラックスして、みんなにも聞こえるように話した。

「なあんだ、そういうことなのね。いきなりなので驚いちゃったわ。今、ようやく理解できたわ」

カレンは、ホッとため息をつくと、すっかりリラックスしたように言うのだった。

「あんたに意地悪しても、言葉の矢は通りすぎていってしまうでしょう」

ギリアン婦人は、すんなりと、皮肉を言った。カレンにはなんのことかよくわからなかったらしかった。

「殺人事件がこういうロマンチックな場所で起こったりしたら、すてきだわって言ったけど、それを私が好きで、解決しようというつもりは全然ないわ。そんな考え持ってないもの。だから私はギリアン婦人の質問には何も答えることができないんです。わかっていただけました？　ギリアン婦人」

カレンは、微笑みながら、それでも、おそるおそる婦人に言った。ところが、ギリアン婦人は、いきなり頭を抱えこんでしまった。そして、自分を落ち着かせてから、彼女は言った。

「ああ、あんたって人は、なんてバカなんだろう。いや、バカなのは私だ。初めからあんたはバカな女だって、そう思ったわ。人の集まってる所で、自分に注意を引きたい、自分を優位に見せたい、そんな気持ちがバカげたことを言わせたんだと思うわ。だけどね、聞いている人は誰だってそうは思わないものなのよ。あんたに説教するつもりはさらさらないけどね。これから先のあんたの人生にマイナスになるんじゃないかと考えたから、言ったのよ。わかったわね。自分の正体が見抜かれるようなことはつつしむにかぎるんだよ。これは私自身にも言えることだけど。もう、この話は、これで終わり！　あんた方を呼んだのは、こんな話をするためじゃないのよ！」

ギリアン婦人は、バカバカしいというような思いをこめて、語気を荒げた。だが一度、深呼吸をすると、彼女の気持ちはおだやかになった。こんなバカげたやりとりがあったあと、これがいかに功を奏して、みんなの気心が知れたのではないかというような思いもあった。

ギリアン婦人は、この中の誰に話を持っていけばいいのかすでに心得ていた。彼女は近くの石に座りなおすと、話を始めた。

「さっき話したからわかると思うけど、疑問を持つということはとても大事なことよ」

地面に目を落としながら、太い声でギリアン婦人は言った。

「とはいっても、全ての事故に疑問を持つかということではないの。それなりの理由があるってことよ。なんでもない部分ごくふつうの場面を、目にしていたことが、ある日、何かを思い出させて、それが思わぬ効果をもたらす。そうなれば、頭が回転を始め、体が行動を起こす。それが聡明な人にはわかるものなの」

ギリアン婦人は、一人一人を見すえ、最後にキースで止まった。彼女は目でキースに訴えたのだ。キースは、じっと、ギリアン婦人の鋭い目を見つめたままだった。

「私のまねをしてほしいとは言わないわ。私が頼んだことをやってくれるだけでいいの。それ以上のことはしない。どう？　できる？」

「一つだけ質問させてもらいます」

キースが、きっぱりとした調子で言った。不思議にも彼はものおじしなかった。

「なんなりと」

ギリアン婦人は、相手の目をじっと見すえて、言った。

「あなたがガリスさんの事故に、不信を抱いたことは、事故ではなく別の死に方をしたのではないだろうかと、――つまり誰かに殺されたということ。そして、それなりの証拠をすでに見つけられたのではないのですか。そのことを前提にぼく達に協力を求めてこられたのではないのですか。ぼくはそのように感じとりました。違っていますか」

さすがに、聡明な彼の意見だった。ギリアン婦人は、キースの言葉を聞いて、心を震わせた。表情は、微動だにしないつもりだったのだが、あまりの見事さに、ついギリアン婦人の口もとがゆるんだ。

「証拠なんていうものが存在していたら、私も見てみたいもんだわ」

青少年環境施設の窓から、ギリアン婦人は中を見ていた。最初に目にしたあのバカでかい恐竜の骨組みが、見当たらなかった。彼女は、自分の目が信じられなかった。ガラスの乱反射でそれが見えなくなっているのだろうと考えた彼女は、急いで玄関へ回った。サッとドアがあいて、彼女は中に入った。そこにはバーナードがいたが、彼女の眼中には入らなかった。

「これは、ギリアン婦人、こんにちは」

彼女は何かを探している様子で気づかぬ様子だ。とっさにバーナードは言って、ハタと考えこんだ。このギリアン婦人は愛想のない女性で、誰に対してもそっけない態度や、言葉を吐くことを思い出したのだった。どうせまたその調子だろうと思うと、バーナードは急に胸くそ悪くなった。ところが、

「こんにちは、バーナードさんあなた、いつからここに？」

と、愛想もよく、意外な言葉に、バーナードはギクリとなってしまった。

ギリアン婦人が今までとはまったく違った人種であるかのような、雰囲気が、彼女をとりまいていたのだ。微笑のような、奇妙な笑いを絶えず浮かべながら部屋の様子を見てはいても、時々視線がこちらに向くのが、バーナードはいやでも感じていた。

黄色味をおびて、まるでコシのない短い髪は、後頭部にぴったりそってはえていた。上気したようなピンクがかかった顔色の両はじについているまるい穴は、まるで道路が陥没でもしたかのように、青黒く深くくぼんでみえた。輪郭をふちどられ、まっ赤に塗った大きな口紅が不気味に動くとき、見る者を、震え上がらせるに十分な迫力を備えていた。

バーナードは後悔し、否定するかのように首を振った。しかし彼は、そんなことは悟られまいと苦肉の策をえんじることにしようとしていた。

「今ですよ、たった今。私は初めて見学に来たんですよ。というのもガリスさんの後

任の方になってから初めて、という意味ですがね」

バーナードは、なるべくギリアン婦人を見ないようにして言った。そして、

「今日はまだ、来ていないようですな」

と、ブツブツ一人ごとのように言いながら、まわりを窺っていた。

「後任の方が女性だということは、ご存じでしたか」

と、ギリアン婦人が言った。

「ええ、気のいい仲間が教えてくれましたんでね」

つい、微笑みかえしながらバーナードが言った。そして、思ったことは、ギリアン婦人がこんなに異様な雰囲気を放つ女性だったろうか、ということだった。

レストランでの朝食の時、彼女はいつも少し離れたすみのほうで一人静かに食事をたしなんでいるのが彼の記憶していた場面だった。話はしたことが、ああ、一度だけあった。ガリスさんの好意でここに来ようとした時、婦人が一人残っていたので、その時声をかけたのだった。体よく断わられたのを覚えている、——だがその時は、何の印象も受けなかった。髪の色や落ちくぼんだ目の色は、あの時と同じだ。

しかし、なぜだ？

「そうか、わかったぞ、口紅だ。あの大きすぎる唇が、まるで人を食ったように主張

してやがる」

原因がわかると、なぜかホッとして、新たに学ぶことができた。赤くて濃い口紅をつけた時のギリアン婦人と話す時は、なるべく、目を合わせないようにすることだった。まるでメデューサを思わせた。

「そういえば、バーナードさんのお仕事は、旅行記作家だということでしたね」

ギリアン婦人が言った。彼女は、このバーナードという頼りないような男に、一番知りたいことを聞くのはやめにした。後任の女性がやってくるまで待つことにしたのだった。それが一番適確だ。それまで暇つぶしにこの男とおしゃべりでもしてすごそう。

「どこかの国と決めて、出かけるんですか。まさか、行きあたりばったりということではないでしょうね」

ギリアン婦人の声の調子は、心なしか威圧感があるようだ。

「私は、ありとあらゆる所に出向きます。選んだ仕事というより、仕事に選ばれたといったほうがいいかもしれませんな。それだけ性に合っているということなんでしょう」

バーナードは、彼女の唇を見ないですむのなら話を続けたほうが楽だった。

「訪ねた場所で、私はよく散歩をします。一日に何度でも。場所はその都度違います。何か書けることはないかと、思いながら歩くのですよ。毎回、驚くようなことはありません。こんなことを言ってはどうかと思いますが、たとえばガリスさんの事故の場合とか、お気の毒なことですが、スズメバチに刺されて亡くなる人は、毎年のようにいるそうですよ。とびぬけて驚くような出来事ではありませんがね。ですが、あの人とはこれからもいい友人でありたいと思った人でしたからね。ガリスさんの事故の一件を書くつもりでいるんです」

「他にはどんなことを？」

ギリアン婦人の声が妙にやさしく胸にひびいた。

「散歩中に目にしたことや、誰か知らない人が話した内容とか、感動であったり、いきどおりを感じたり、ほのぼのとさせられて涙ぐんだりしたことや、見知らぬ人と心をかよわせたこと、草花のスケッチ、思い出のこもった押し花など、まぁ、きりがありませんがね。そんなことを、ノートに記録しておくんです。それに仕事と称して、いろんな国のいろんなものを見て歩くのはとても楽しいものですよ」

バーナードは、話を終わると満足げにほほえんだ。そこでつい彼女を見てしまって、思わずギクリとするのだった。

「仕事と人生が結びついているなんて、うらやましいかぎりですよ」

ギリアン婦人が、バーナードのほうは見ずに、ドアの向こうに広がるカラマツの原生林を見て言った。

二人は、いつしかベンチを見つけると、仲良く並んで座っていた。

バーナードも、いまではすっかり婦人の放つ雰囲気になれてしまっていた。

「バーナードさんの作品は、全て事実がおりこまれたものだということなのですね」

「私は嘘は書きません。嘘は自分の意にそぐわないと考えているからです。それになにより、旅行者の手引きとなるよう心がけているから、たとえ石ころの色一つをとっても、事実を書くことを重んじているのですよ。ですが、事実を組み入れる時は、時には考えさせられることもありますよ」

バーナードは、こう言うと、話すのをやめて、目立たないように深く息を吸いこんだ。

「今度の場合は、どうなるのです?」

ギリアン婦人は、ここで起こった事故のことを聞いてみたかった。

「ガリスさんのことですね」

バーナードは、ギリアン婦人の言わんとすることが、ごく自然に身に入った。

「正直言いますと、私は、誰にでも積極的に近づき、強引に友人になるように心がけてきました。はたから見れば、迷惑な奴だと、けむたがられます。ガリスさんの場合もそうでした。あの四人の若者は、最初は、けむたがっていたようでしたが今ではすっかり私を歓迎してくれていますよ。私の心得は、出会った人や、事実に対して、特別扱いはしないということです。ガリスさんのことも、当然、同じ考えです」

バーナードは、言いきった。ギリアン婦人は、不思議な感動を覚えた。何も言わず、黙ってうなずいた。その時、ガラス戸に若い女性の姿が映り、彼女が入ってきたのがわかった。

ギリアン婦人とベンチに座っているのを見ると、彼女は近づいてきて、そしてニッコリした。

「あら、あなたはギリアン婦人、この前お目にかかりましたね。お友だちですの？」

ジョアン・ベッシィは、婦人の隣に座っているバーナードを見て、いかにも親しみをこめてそう言った。ギリアン婦人が彼を紹介した。

「あなたが後任になったので、初めてここを見学に来たといってね、私と一緒になったの」

「それはどうも、よろしくバーナードさん」

バーナードは、差し出された右手を、軽く握った。

「何度かこちらに来られているんですな、ギリアン婦人」

ニコニコしながらバーナードが言った。

「ギリアン婦人は、よほどここがお気に入りのご様子で、よく見学に来られるんですよ」

と、ジョアンが言うと、ギリアン婦人に向かって言った。

「いったいどの辺りがお気に召しまして？」

すると、ギリアン婦人は天井をあおいで、

「あの辺りが私の心を捉えて離さないのよ。高すぎず、低すぎずってところに興味をそそられるの」

婦人の図太い声が天井にひびいた。

「ああ、あそこ。あの辺は、スズメバチが何匹か飛びまわっていた場所ですわね。きっと巣を作ろうとしていたんだと思います。でももう大丈夫ですわ。ハチよけの消毒をしてもらいましたから。スズメバチは寄って来ないでしょう」

ジョアンが、説明を終わると、ギリアン婦人は、天井を眺めながら、ふーんと鼻をならしながらしばらく見入っていた。

「それじゃ、どうぞごゆっくり」

なんということ、すっかり天井に目をうばわれて、油断している間に、ジョアンは、さっさと奥のほうに行ってしまったのだった。

ギリアン婦人は腕を組み、口をへの字にまげて考えこんでしまった。どうしようかと忙しそうに出たり入ったりする数人の作業員を眺めていた。やがて彼女は思いきった行動に出た。その中の一人をつかまえると、彼女は質問した。

「えっ、ガリスさんの組み立てた恐竜ですか、えーと、ああ、あそこかもしれませんね。この建物の裏に、物置小屋があって、コンテナがあるんですよ。その中にしまいこんだ記憶がありますよ。なにもかも一緒くたに」

作業員は平然と答えた。

「何ですって!?　本当なの!?　なにか言葉の間違いなんじゃないの、持ってきたときと同じように、ていねいに包んで保管してあるんでしょう。だってあんなに大きくて、立派な恐竜なのに」

「いえ、そんなことしませんよ。ガリスさんが亡くなった時点でその恐竜も終わったんです。どういう意味かおわかりでしょう。くずれてしまったんですよ。複製だからどうということはありませんからね」

彼は、うす笑いを浮かべて、その先を話そうとはしなかった。複製だって？　ギリアン婦人は、信じられないという面持ちで、男に言っていた。

「そのコンテナの中、見せてもらうことはできないの」

今度は、作業員のほうが驚く番だった。あんな所を見たいという人間がいるなんて、聞いたことがなかったからだ。

「さあ、俺にはなんとも言いかねます。あのミス・ベッシィに聞けば、わかると思いますが、ご自分でどうぞ。事務所はその奥にありますから」

それだけ言うと、男はさっさと逃げ出した。これ以上、つかまってはいられないといわんばかりの態度だった。バーナードは、彼女に歩み寄って言った。

「ギリアン婦人、いったい何だってあんな質問したんです？」

彼には、何がなくなってもたいして問題はなさそうだ。彼女はそのことには答えなかった。ギリアン婦人は、つかつかとジョアンが消えた方向に行ってしまった。

ふたたび一人になったバーナードは、ギリアン婦人の考えていることがまったくわからず、後姿を見つめながらフンと鼻をならした。

「コンテナの中を見たいですって⁇」

ジョアンは、驚いて言った。

「ただのガラクタ同然が、あそこに押しこまれているんでしょう」

ギリアン婦人は、先手をとって尋ねた。

「たしかにあなたから見れば、そうかもしれませんが、ですが、あのコンテナには、ガリスさんの遺品が眠っているんです。残念ですがもう日の目を見ることはないと思いますけど——。あなたのようなことは、今までどなたもおっしゃった人はいませんでしたわ」

彼女は少し感情を害したように言った。

「だから今後もないと思うのは、大間違いよ。私が先駆者、ですからね」

「でも、そうおっしゃられても。いったいどのような理由ですの」

「理由なんかどうでもいいのよ、見たいから頼んでるんだから。私はお客ですよ。ミス・ベッシィ、お客のたっての頼みが聞けないというのかしら。それだったら、私は勝手に解釈して、外に出たらそのことを吹聴しますよ」

彼女は相手をおどした。

「なんですって、そんな乱暴なこと、そんな権利はあなたにはないでしょう」

ジョアンは、憤慨して怒りを発した。

「あの建物の物置小屋にあるコンテナの中には、なにか人に言えないとてつもない物が入っているらしい、と言えばたくさんの見物人がおしよせるでしょうね」

不気味な笑いは、ジョアンを震え上がらせるのに十分の効果があった。

「わかりました。わかりましたから、明日、この時間においで下さい。連絡をとって聞いておきますから、それでよろしいですわね、ギリアン婦人」

ジョアンがせっぱつまって、苦しまぎれに言うと、ギリアン婦人は、大きくうなずいて、にんまりとしてみせた。

その夜のこと、「青少年環境施設」の裏の物置小屋の前に、小さな灯りがともった。ゆっくりと鍵を開け、静かに戸は開いた。中には、朱色をした頑丈そうな鉄の箱がでんと置かれてあった。それから、しばらくして、躊躇するように灯りは動いた。

次の日、ギリアン婦人は、やってきた。ジョアンの案内でギリアン婦人は、裏の物置小屋にやってきたのだった。彼女のために、前もってコンテナの扉は開いていた。

ギリアン婦人は、無言で中をのぞきこんだ。作業員の言ったとおり、恐竜の骨はもはや石ころ当然と化していた。見るべきものを見てしまうと、ギリアン婦人は背後霊のようにピッタリとくっついて離れないジョアンをにらみつけるように見つめた。

「気がおすみになりまして？　ギリアン婦人」

ジョアンが、微笑して言った。ギリアン婦人は、終始、ぶ然とした態度をしていた。

ギリアン婦人の部屋に、四人の若者達は集まっていた。初めて入る婦人の部屋は彼らの所と違いはなかった。

「ギリアン婦人、おっしゃっていたのはこのことですか」

キースが、カバンの中から小さな一冊のノートを取り出して、テーブルの上に置いた。婦人は、それを手にとり急いで広げて中を見ながら彼らに言った。

「そうよキース、よくやったわ。だけどよくすんなりと借してくれたものね」

ギリアン婦人は、あきらかに興奮していた。

「よくある手を使って。このアイデアはカレンが考えたんです」

と、キースが言うと、

「お酒を飲ませて、ぐでんぐでんに酔わせたわけじゃないのよ。今では、もう私達バーナードさんとはすっかり気心の知れた仲間でしょう。いろいろ聞いて、その気にさせちゃったわけよ」

カレンが愉快そうに言った。

「どういうこと、その気にさせたって」

まったく見当がつかず、面食らったギリアン婦人は、カレンのほうを直視した。彼女は、言った。

「いきなりノートを見せてとか、借して下さい、なんて言えないでしょう。どうしたらバーナードさんが怪しまずにノートを借してくれるか、会う前に考えておいたんです。それで、まず私がこう言ったんです。バーナードさんは、アラスカに行ったことはあるんですかって。そこから切り出したの」

カレンは、ふーっと大きく息をつくと、すぐに後の話を始めた。

「そう、アラスカやシベリアなどの原生林に生活する人達の話を、すごく魅力的に書かれた紀行文を読んだある人が、すっかりとりこになって、とりつかれてしまって、ついに住みついたということもあるらしいですね、って。これを読んだ一人の人間の心をアラスカやシベリアに呼びよせてしまうなんて、実に驚くべきことよ。それだけに、取材は力が入るんでしょうね。そういえば、バーナードさんも、いつでしたか話してくれたことありましたわね。小さなノートに、気がついたことなどをメモしているって。そしたら、すかさずアデールが」

カレンが、さっとアデールを見た。彼女が、顔を輝かせてはりきって言った。

「この間、メモの整理をするから、私達と一緒に散歩には行けないって、言われたことがあったんです。もう整理はすんだんですか？　でしたら、見せていただきたいと思うわ。条件に、私達もバーナードさんのお役に立てるようなメモを書いて、差しあげることにしたいと思いますけど、どうかしら。と言ったら、フォッグが」

次は、彼の番だった。待ってましたとばかり、フォッグは口を開いた。

「悪い条件ではないと思いますけど」

と、一言。

「フォッグの言葉にバーナードさんは、かなりしばらく考えこんでいたようでしたが、でもとうとう首を縦に振りました」

最後にキースがしめくくった。

「だけど、このノート、あまり長く手元にはおけないんです」アデールが言った。

「すぐ返すってことか」

ギリアン婦人が言った。

「今日、一日だけという約束なんです」

と、心配げな表情でキースが言った。

「一日あれば、いいわ」

それから、ギリアン婦人は、克明に目を通していった。

「まさかこのノートがギリアン婦人に見られているとは知らないでしょうね」

アデールが低い声で言った。

「いったいこのノートが何の役に立つというんですか」

と、フォッグ。

「至る所、走り書きやら落書きやらで、まともに書いてある所は少しもない」

キースも不可解な様子を見せて、ブツブツ言った。

「本当に、ろくなもんじゃないわね。どうやら私のもくろみは、はずれたかな。気になったことはなんでも記録しておくと言っていたけどねえ」

ギリアン婦人は口の中でブツブツ言いながらページをめくっていた。婦人が手をとめたページには、女性をスケッチしたようなものがあった。みんなの視線がそこに集まった。

「誰だろう、これ」

つられてみんなはのぞきこんだ。

「たいしてうまくないスケッチだな」

「『聞かないこと』って、条件に含まれていたことを思い出した」

フォッグが、すかさず言った。

「聞かないこと?」

みんなはそろって、うなずいた。

「それじゃ、こっちで想像力を働かすしかないわね」

不満そうにギリアン婦人は言った。時々、スケッチのあるノートを縦にしたり、横にしたり目を空に向けたりしながら、ギリアン婦人は考えていた。そして、ついに言った。

「まあ、いいか。それにしても、ろくなものがない」

ギリアン婦人は、口をまげると、そのノートをテーブルの上にポンと置いた。

「この絵の人、まさか、ギリアン婦人をモデルにしたものではないでしょうね」

カレンが真顔で言った。ギリアン婦人は、フン!と鼻をならすと、太い腕を組んでどっかとイスに座った。

ビル・ゲラーは、フロントに鍵をあずけ、玄関にさしかかったとき、宿泊客の顔見知りになった男に出会った。彼は、ビル・ゲラーを見つけると、微笑を浮かべながら近づいてくるなり、彼の肌身はなさず持っている大きなカバンをめがけて、

「また、お出かけですか、毎日どこへいらっしゃるんですか。こんな大きなカバンを

大事そうに持って、いったい何が入っているんです？　ぼくもぜひお供したいですねえ」

　そう言うと、男はいきなりカバンをポンポンとたたいてみせたのだ。

　すると、突然、おだやかな素振りだったビル・ゲラーの表情がサッと変わったかと思うと、いきなりどなりだした。

「カバンにさわるな！　なんの権限があって私のカバンにさわるんだ！　勝手なことは許さんぞ！」

「あ、あのいや、ほんの冗談のつもりで軽く手をふれただけなんですから、気を悪くしたのならあやまります」

　男は、ほんの冗談のつもりだったのだが、しかしビル・ゲラーにはまるで通じなかったのだ。このことがあってから、この男はビル・ゲラーとは顔を合わすことはなかった。

　ビル・ゲラーが外出してしまうと、その様子を見ていた人達は、

「なにもあんなに大騒ぎすることないでしょうに、大人げないわね」とか、

「誰だってあのくらいのことは言うわよ、あんなに怒るなんて相手の男の方が気の毒よ」などといった声があちこちで聞こえていた。

朝の湖は濃い霧が渦をまいていた。それは遠くにあって次第にこちらへやってくるようだった。ジョアン・ベッシィは、憤りを感じながら見つめていた。今まで保ち続けてきた精神力が、ふとしたきっかけによって、もろくもくずれてしまいそうになるのを、かろうじて持ちこたえている状態なのだと、彼女は感じていた。それは、心一つでどうにでもなってしまうギリギリのところにいるのだった。そのような状態におちいらないために、彼女は毎日、心に思い描き、自分を奮い立たせる必要があるのだった。

彼女は、唇をかみしめた。今まで考えを変えようという気持ちを持ったことは一度もなかった。そして今、それがようやく果たされようとしているのだ。体の中で熱いマグマにも似たかたまりが、フツフツと燃えたぎってきて体が自然に震えだした。けして臆病なものではなく観喜の震えなのだ。胸の鼓動は、激しく、さらに激しくリズムを打ち続けている。目は喜びと勝利に輝き、ほおは紅潮した。

霧は、さらに近づき彼女をとり囲もうとしていた。すでにおだやかな気持ちを取り戻していた彼女は、落ち着いた表情でそこを立ち去った。

窓のかげに見なれた容姿の人物を見つけた。彼は彼女に気づかず、ぐるりと周囲を何度も眺めまわしていた。

「おはようございます。バーナードさん。随分とお早いんですのね」

ジョアン・ベッシィはおどかすつもりでいきなり大きな声で言った。

「やあ、おはよう。ミス・ベッシィ」

バーナードは、なれた様子で挨拶した。

「今朝は実にさわやかだね。少し肌寒いくらいだよ」

「そうですね。今鍵を開けますわね。いつも熱心ですこと、まだ準備の段階だというのに、何がお気に召したというのかしら」

ジョアンは、からかうような目で彼を見つめて言った。

「私が気に入っているのはただ一つさ。ミス・ベッシィ。私に見おぼえはありませんかな」

バーナードは、彼女に近づくと、じっと目を見た。今さら何を言うの、といった様子で、彼女は言った。

「ええ、今日まで、何度も見ていますわ、そうでしょうバーナードさん」

笑いながらジョアンが言いながら鍵を開けた。

「いや、私が言おうとしたのは、それ以前、という意味で言ったんですよ、どうです」

　バーナードは、真顔で言う。彼女から目をそらそうとはしなかった。ジョアンは、眉をしかめ、首を少しかしげたが、やがて首を振って言った。

「いいえ、存じませんわ、なぜそんなことおっしゃるの」

「本当にわかりませんか。もう一度、よく見て」

　バーナードは、念をおすように言った。

「ええ、本当に、わかりませんけど」

　ジョアンは、きっぱりと言った。

「そうですか」

　彼は正直がっかりしていた。

「何ですの、いったい」

　彼女は、用心しながら尋ねた。

「いや、別にたいしたことではありませんから、いいんです。お邪魔しました。ミス・ベッシィ」

　バーナードは、ズボンのポケットに両手を突っこみ、思案顔で出ていった。彼女は不思議な気持ちにかられながら、バーナードの後姿を見つめていた。

キース達に配る資料の整理をしていた。これは本来の学業のためのスケジュールが書かれたものだった。

デューラー老教授は、下ばかり見ていたので疲れを感じて首をあげて、肩に手をやった。開け放った窓からは、涼しい風が老教授をなぐさめてくれたかのようだった。

彼は、ぼんやりと外を眺めていた時、のんびりと散歩を楽しんでいるウインスロウ夫妻の姿が見えた。夫人は長いドレスを着ていた。後姿もとても優雅だった。二人は、向こうを向いて歩いていたので、窓から眺めている老教授のことには、気がついていなかった。老教授も、声をかけようなどと、無粋な考えはもってはいなかった。仲良く、おしゃべりをしている様子だ。ほほえましい光景だ。パティ夫人は、なかなか献身的であるらしい。二人の姿は、いつまでも見えていた。

以前偶然に出会って、話をした時のことが思い出された。あれは、ガリスさんが死んでまもなくのことだった。ウインスロウさんは、多くは語らなかったが――。夫人の質問に答えていた時だった。何かがとても不思議なような気がしたのを感じたのだ。あの時は矢つぎ早の夫人の質問に考えたり答えたりしていたので、なんというのかな、つい忘れてしまったのだな。

夕食がすんだあと、老教授はキースを呼び、昼の間まとめておいた資料を彼に渡した。そして、部屋を出て行こうとしたキースを、呼びとめた。

「キース、ちょっといいかな」

遠慮がちに老教授は言った。

「はい、なんです。何かご用でしょうか」

キースは、なかば開けたドアを閉めると、部屋の中央にやってきた。

「こんな話、どうかと思うが、聞いてくれるか」

自信のなさそうな様子で老教授は言った。

「もちろんですよ、老教授」

キースは、勢い込んで彼は言った。

「ありがとうキース。ちょっと気になることを思い出したんでね。誰かに聞いてもらおうかと思ってね」

老教授は、はにかんだまま動かなかった。なかなか決心がつきかねていることは、キースにも予測がついた。

「何ですか、思い出したことって」

キースは、老教授をうながした。彼もまた何か思いつめたように彼を見ていた。

「ああ、いや、なんでもない。呼びとめてすまなかった。私はどうかしていた。大人の世界のことだ、悪かったな」

老教授は、思いなおしたのか話すのをやめてしまった。キースは、複雑な気持ちだったが掛ける言葉がなかった。彼は老教授が、人をからかうようないいかげんな人柄でないことはよく知っていた。

「わかりました、老教授」

キースは、老教授の気持ちを汲んでそう言ったのだが、彼は、妙に腑に落ちなかった。キースは老教授についてあれこれ思いをめぐらせた。最近、老教授は何を考えているのかわからないことがあった。

もうだいぶお年だからな、今話そうと思っていたことを、いきなり忘れてしまうということがあるのかもしれない。もしそうだとしても、あまりたいしたことではないだろう。たいして気にすることはない。それにしても、今後老教授にはその都度メモをとっておいてもらうようそれとなく話してみようかな。キースは、心の中で自分なりの解釈をしていた。

ビル・ゲラーは牧場の中のレストランで、豪勢な食事をしていた。とはいうものの、彼はけして落ち着いてむさぼり食べているわけではなかった。気がついた時には、彼は誰かの視線を強く感じるようになっていたのだ。それ以来、どこに行っても何をしていても、誰かに見られているという憶測が離れなかった。

だが、それは昨日までであって、今日になるとパタリとなくなったのだった。またしてもビル・ゲラーには気になるところだった。あれは夢だったのか？　バカな、白昼夢など見てたまるもんか！　それにしても、いったいどういうことなのだ。逆に気になるとは！

バーナードは、牧場の中のレストランに入ってくると、アイスクリームを注文した。その時、一人の若い娘が入ってくるなり、店内を見まわした。店は、昼近いとあって、混雑していた。

彼女は、手を上げて合図をした、男を見つけると、つかつかと歩いていき、同じ席に座った。

バーナードは、驚いていた。その男は背をこちらに向けていて顔は見えない。男は、若い娘に似合わずかなりの年配だ。座った娘は、いっこうに笑っている様子が見えない。なぜか元気がなさそうに見えるのだ。

バーナードは、その娘を見た時、理解できた。あれはジョアン・ベッシィだ。年配の男は、いったい何者なんだ。二人はなんの話をしているというのか。まさか恋人でもあるまい。まるで父親ほどの違いのある男を。ここにあのキースやカレンがいて、あの場面を見たなら何と感じるだろうか。

その夜、ギリアン婦人の部屋で四人の若者はふたたび集まった。キースが言った。

「今日の出来事なんですが、資料をもらいに老教授の所に行った時のことなんですが」

「何かあった?」

ギリアン婦人が、聞いた。

「何かあったというわけでもないと思うんですが、というのも、ぼくが部屋を出ようとした時、なにか話があるからと言われて、また呼び戻されました。だけど、結局思いとどまったらしくて、何も話しませんでした」

「話さなかった!?」

ギリアン婦人は、顔をゆがめた。そのためよけいみにくくなった。

「ええ、大人の世界のことだと言って」

「その時の様子は、どんなだったの」

ギリアン婦人が聞いた。キースは、自分の思ったことや、その時の感想などを話した。

「老教授は、何を言おうとして思いとどまったのだと思いますか。ギリアン婦人、大人の世界のことって、何のことでしょう」

キースは逆に質問してみた。誰もわかる者はいなかった。

「ギリアン婦人、これ以上は無理ですよ」

いきなり、フォッグが言った。泣きごとと捉えられてもかまわないと思っていた。

「どうしたの、フォッグ。無理ってどういうこと」

カレンが、言った。

「ぼくは、調べるにはもう限界だと言いたいんだ。ギリアン婦人のアイデアに反発しようというわけじゃないんだ。ただ漠然と話を聞こうとしても、相手が仕事中のことのほうが多いし、逆になんでそんなこと知りたいんだ、なんて言われる」

「それはぼくも感じていたことでした。やっぱりギリアン婦人は、刑事だということを、少なくとも仲間達にだけは打ち明けるべきだと、ぼくは思うんですが、カレン、アデール、君達はどう」

キースは、適確に意見を言うと、彼女達にも意見を聞いた。

「ええ、そうね、キースの言うとおりだと私も感じたわ。バーナードさんやデューラー老教授にも加わってもらったほうが、もっとやりやすくなると思うわ」

アデールが、カレンのほうを見て言った。カレンは、アデールにうながされるように言った。

「賛成よ。やっぱり大人の存在は必要だわ。バーナードさんと老教授が加われば、ちょっとした組織になるわ。組織になれば、今の倍の力が発揮できるはずよ」

「アデール、実に良いこと言うよ、君は。すてきだよ。それに、キースが話していたことだけど、ぼくらの老教授は、大人だけに感じとれるものを知っているか、見ているかしているとも考えられるだろ。老教授が、キースに話を聞いてもらおうとしたけど、キースに変なことを話して、逆に彼が悩むようなことにでもなったら、キースがかわいそうだ、という考えを新たにして、話すのをやめたと、捉えてみてはどうだろう。もちろんこの話には、なんの根拠もないけどね」

アデールの意見に大賛成したフォッグが、彼女に続いて自分の思うことを打ち明けた。

「そうだね、ぼくらがギリアン婦人の元で内緒で動いていること自体、老教授は知らないんだからね。老教授にしてみれば、当然の選択だろうね」

大層ぶって、キースは言った。

「みんなの話はよくわかったわ。みんな本当にたいしたもんだわ。うちの刑事達にも見せてやりたいくらいよ」

ギリアン婦人は、静かに言った。彼ら四人は上気した顔がピンク色に輝いて、目は夜だというのに、生き生きと光っていた。ギリアン婦人は続けて言った。

「バーナードさんや、デューラーさんのことね、私も考えていなかったわけでもないのよ、正直なところを言うとね。だけど、これは私のあくまでも憶測だからね。アデールの言うように組織立てて、わーわー騒ぎ立てるのも、どうかと思ったわけよ。ガリスさんの死がスズメバチに刺されて死んだだけの、誰が見ても単なる事故だとわかることを、仕組まれたものだと言えるはずもない。証拠はさらにない。もしこれが本当に殺人となればもっと大がかりになるはずだわ」

ギリアン婦人は、みんなの顔を見て言った。キースが、ギリアン婦人を見てきっぱりと言った。

「ぼくは、あの時の老教授の言おうとしたことを、やっぱり知りたい。一度は、ぼくに話しかけようとしたんだもの、ぼくにも理解できる内容だと考えたんです。だから、ぼくは明日、老教授に聞こうと思っています。それから、仲間に入れるかどうか考えて下さい。ギリアン婦人」

「だってこれは、私の憶測だって」

ギリアン婦人は、あまり乗り気なさそうに言ったのだが、キースはそれをふきとばす勢いでこう言った。

「よく、長いこと刑事やっていると、カンが働くということを、ぼくは知ってますよ。ギリアン婦人は女刑事でしょう。男の刑事よりもカンは鋭いんじゃありませんか。そんな本をどこかで読んだように思います」

他の三人は、あっけにとられたように、キースとギリアン婦人を交互に見つめていた。なによりも驚いていたのはギリアン婦人だった。

「私をやる気にさせるのがなんて上手なのかしら。あんたは手ごわい相手になりそうだわ、キース」

ギリアン婦人の唇の端がぐにゃりとゆがんだ。負けじとフォッグも口を出した。

「ぼくが思うには、みんな旅行を楽しんでいる人達ばかりではないけど、――特に大人達はっていう意味だけど――。でも、何かしてすごせたら、という気持ちは誰でも持ってると思うんだ。バーナードさんだって、老教授だって、本職の他に気持ちをかき立てられる何かを、心のどこかで探していると思うんだ。ぼくもそうだけど、キースはどうなのさ」

フォッグは、途中でチラリとキースを見て問いかけた。キースは、もちろんそうだといった態度を示して見せた。それを確かめたあとフォッグは、さらに力を入れて言った。

「たとえ、年をとっていたとしたって、気持ちはみんな同じに若いんだ。そこでぼくの意見は、二人ずつのペアになって、動いたほうがいいと考えた。二人いればそのほうが便利だしね」

「相手は、バーナードさんや老教授ならばいいとしても他人じゃどうかな。警戒しないだろうか」

とキースが意議を唱えた。

「そこは、うまくやるさ」

フォッグがにんまりして言った。

「二人ずつのペアって?」

ギリアン婦人が言った。

「ペアだから、男女がいいんじゃないの、ねえ、カレンはぼくじゃ不満かな」

フォッグは、黙って聞いているカレンを見て言った。

「いいわ」

心よくカレンは応じた。

「それじゃ、アデールはぼくと、よろしくアデール」

キースは、微笑しながら、それでいて不満そうな顔もせずアデールに言った。

「ええ、いいわ、キース。仲良くやりましょう」

アデールも調子を合わせて言った。

「では、ギリアン刑事どの、調査隊編成ができました！」

おどけてフォッグは、ギリアン婦人に敬礼をしてみせた。微笑をもって、見ていたギリアン婦人は、ゆっくりと言った。

「あんた達の言うとおりにやってみても、いいかもしれないね。ただし、あまり調子に乗りすぎて、突っこみすぎないこと。そして、私を刑事とは言わないこと、約束して」

カレンはうきうきした気分にひたっていた。もちろんガリスの死を喜んでいるわけではなかったが。この場所、この季節に、理想的な願ってもない事件が起こって、それを自分達も参加して、一つひとつの事実をひもといていく、その過程がカレンにはなんとも魅力的に思えるのだった。

だがもし、これが我が家の近所でごくふつうに起こったとしたら、ただ傍観するだけで興奮することもなく、好奇心を持つこともなくただ退屈な日常的な事件としてみていたことだろう。だがたまたまこの旅行中に出会った人達と知りあえたからこそ、その渦中にいることができるわけで、かなり不謹慎ではあるが、カレンは、それを楽しんでいるのだった。

今朝はうっすらとした霧が周囲を包んでいた。しゃくなげの茂みが所々霧に浮かんでいるようで、なかなか幻想的な光景だった。

アデールは、石の上に腰を下ろしているギリアン婦人を見つけた。その後姿は、哀愁がただようような、ロマンチックなものではなかった。どうかすると石と同化しているようにさえ見えた。

「あまり気分がよさそうではありませんね」

驚いて振り向くと、いつもおだやかなアデールが神妙な顔をして立っていた。

「後悔しているかってこと？　もしそうだとしたら、私がここに来たことだわね。私がここに来なかったならば、ガリスさんの死も知ることはなかった。それにあんた達ともしゃべることはなかったかもしれない。たまたま、同じテーブルに座って、食事をしただけなのに、すっかりおたがい顔見知りになってしまった——。なんでこんなことになっちゃったんだろう。誰とも話をしない、本当の一人旅をしようとしていたのに」

彼女のそばを見まわして、

「キースと一緒じゃなかったの」

と言った。

「キースは今、老教授のお部屋に行ってますわ。こうすることは、二人で決めたことですから、心配いりませんわ。本業である学業のほうが、まったく手についていないと言ってました。ほんとですよね」

アデールが微笑んだ。不思議そうな目で、ギリアン婦人は彼女を見ていた。時々ギリアン婦人は、自分の立ち場がわからなくなってしまうような錯覚におちいることがあった。特に彼ら若者が、いっぱしの意見を言う時などは、ギリアン婦人は急に影がうすくなってしまうのだ。

アデールは言った。

「私達、あまり図に乗りすぎているんじゃないかって、暴走しすぎるんじゃないかって時々思うことがあるんです。キースもフォッグも言いたいことを言いすぎますわ。ギリアン婦人は、どのようにお感じになっていますか」

アデールの声は、高くもなく低くもなく、思慮深くひびいた。黒い髪と黒い目は知的な光があった。地味で落ち着いた態度、まわりをよく見極めながら、けして大げさではなく、やさしさをもって話すアデール。

カレンのような華やかさはないけれど、この娘はどこに出しても恥じることのない、しとやかさと分別を持っていた。

「私が思っていたことは全部話したわ」

ギリアン婦人の声は、ものぐさな調子にアデールには聞こえた。

「暴走しているのは、この私かもしれない。みんなをいたずらに奮い立たせて、しまっているんじゃなかって――。なんの証拠もないというのに。ここの警察だって、ガリスさんは事故死だって言ってるんだし、毎年スズメバチに刺されて何人もの人が死んでるとも言ってた」

「そのことでしたら老教授もおっしゃってましたわ」

ギリアン婦人は彼女の言葉にゆっくりとうなずいて立ち上がった。

「スズメバチの季節になると、いろんな紙面などで注意点を目にすることになるけど、ガリスさんだってわかっていたと思う。彼には時間がなかったんだね、いきなり二週間だなんて」

彼女は一人でブツブツ言いながら腕を組んだ。

「天井の横板に傷があったのは、作業中にできたものかもしれない。それに、コンテナにほうりこまれた恐竜のレプリカを、赤の他人がいきなり見せてくれといえば、不信を買うのも当然ってことね」

ギリアン婦人が訳のわからないことを口の中で繰り返しているのを聞いて、アデールは心配になって彼女に尋ねた。

「ギリアン婦人、失礼ですけど、まさかお酒は飲んでいませんわよね」

すると婦人は、一瞬、キョトンとしたが、このあと大笑いしてみせたのだ。

「私はあんた達にもおとる刑事かもしれないよ。耳にしていたのに、どうしてそれを深く考えてみようとしなかったのか、つくづく自分が嫌になっちゃってね。おやアデール、そんな顔はあんたに似合わないよ。大丈夫。心配ないよ。私は正気だからね。それにしてもアデール、あんたってやさしいんだね。キースとは、よくお似合いだよ」

この言葉に、アデールが照れるかと思いきや、彼女は、しっかりとギリアン婦人の目を見すえて意外なことを言った。

「やっぱり見すごすことができない、何かがおありなのですね。ギリアン婦人、おっしゃって下さい」

アデールのその目は、燃えていた。まさに闘志のようだった。だがギリアン婦人は、彼女の問いを無視するかのように、叫んだ。

「よし！　アデール、キースはまだ老教授の部屋にいるんだろうね」

気迫が甦ったように、力強く、太い声で言った。

「まだいると思いますけど、たぶん」

アデールは半信半疑な様子でそう言った。

「自信なさげだね。こういう仕事をするときは、自信を持って言うにかぎるんだよ。相手を威嚇させることにもなるんだからね。時と場合を考えなくちゃだめだけどね。さて！　では、私も部屋に引き返そうかね、アデール、あんたも私の所に来ておくれ。それに他のみんなも来てもらってほしいんだけど。すまないが、声をかけてくれるかい」

ああ、この声、このいさましさ、ギリアン婦人、あなたはどうして女なの!?

「もし、老教授が来たいということになった時どうしましょう。キースがいますから、もしかすると、そういうことにもなりかねないかもしれませんわ」

「そうだね、キースはカンがいいからかぎつけるかもしれないね。そうなったら、そうしてもいいさ、そのほうが自然だし」

ギリアン婦人は、今までの煮え切らない態度を一掃すると、大きな口で笑った。風が出てきた。霧は急速に流れ始めた。


思ったとおりデューラー老教授とバーナードが、キースとフォッグとカレンやアデールと一緒に、やってきた。ギリアン婦人の部屋は、満杯の状態だった。

みんなは思い思いの場所に座ってギリアン婦人を見つめている。バーナードも老教授も、若者達とはすでに友人なのだといった様子で、ごくあたり前な顔つきで平然と部屋の中央のイスに陣取っていた。

ギリアン婦人の合図でキースが老教授に言葉をむけた。

「ああ、いいとも。なんだかよくわからんがキースが熱心に言うのだから、君の言うとおりにするつもりだよ」

老教授は、強面のギリアン婦人がこちらをにらんでいるようにみえたので、思わずギクリとしながら、ノロノロと話を始めた。

「あのう、私の話は、別にどうということはないんだが、キースが話せと言ったことを話すことにしようかと思います。私の話というのは、あの、ウインスロウ夫妻のことでして」

意外な名前が出てきたので、ギリアン婦人は、いっそう目を大きく見張り、次に出てくる言葉を待った。

「お二人で庭を散歩しておられて、私はその時、偶然お会いしたのでして、少し言葉をかわしました。夫人の名前はパティさんとおっしゃって、ご主人のほうは目がどうやらお見えになっていないらしく、それもあってかあまりお話をなさいませんでした。お二人はこちらにお泊まりだそうです。話はもっぱらパティさんのほうで、彼女のほうから『しゃくなげ山荘』で誰か亡くなった人がいると聞いたが、と言われたのでガリスさんという方が、どういう理由で亡くなったのかを、私は聞いて知っているかぎりのことを話してさしあげました。ところがです。お二人は、私の話をよく聞いておられたのですが、なにか釈然としないものを感じたのです。それがどうも心に引っかかっていて、考えてもはっきりしなかったのですが、ついこの間のことでした。急に心の中のわだかまりがとれたのです。

つまり、こういうことなのです。『何をしていらした方ですか？　いいえ、観光で、お見えになられたのですか』と彼女は途中で言いなおしました。そして、ガリスさんの仕事の内容は聞きませんでした。たいしたことはないと思っていましたが、なんとなく私には不可解に思えたのです。そのことをキースに聞いてもらおうと一度は思ったものの、彼はこんな話には興味はないだろうし、何のことなのか理解できなくて、面食らうだろうと考えて、ついにやめてしまったのでしたが、たった今、彼があの時の話を聞きたいと言い出しまして、打ち明けたというわけなのです。いや、どうも、どうでもいいような話でしたな。キース、なんだか大騒ぎさせてしまったようで、すまないな」

老教授は、頭をかきかき話を終わった。

「なんだかうまく説明できませんで、申し訳ありませんでしたな。じゃ、私はこれで失礼するよ。キース、少し疲れたようだ」

老教授は、ゆっくりとドアまで歩いていこうとした。

「ありがとう、老、いえ、デューラーさん。今はたいしたことのないように思える話かもしれませんが、もしかすると重要な意味を含んでいるかもしれませんよ、ありがとう。もしよければですが、このままいて下さってもけっこうなのですが、お疲れでしたらあちらのソファーに横になって下さいな」

ギリアン婦人がにっこりとして言ったので、老教授は、ありがとうと言って、すっかり気を良くしてもとの場所に座りなおした。カレンがすぐに老教授のそばに行ってはげましていた。

次に、フォッグが、バーナードをうながすように言った。

「ぼくはさきほどバーナードさんに会った時、バーナードさんはなぜかとても興奮しているように見えました。でも、ぼくとカレンはその理由を知りません。でもどうやらヒントはこの間一晩だけお借りした、バーナードさんの取材用のノートになにか関係があるらしいのです。それに今バーナードさんはそのノートを持ってここに来て下さっているからです。では、バーナードさん、話して下さいますか」

フォッグが言った。バーナードはノートを広げ、女性のスケッチをした所をみんなに見せたあと、話を切り出した。

「ここに描いた女性は、非常にぼんやりとしていて、なんら特徴はありませんが、しかし私はこの女性に、今日会いました」

「私達にはこの女性が誰なのかわかる人は誰もいませんでしたわ。でも、もちろんバーナードさんは、ご存じのうえでスケッチをされたんだと思います」

アデールが言った。

「私は、人をスケッチするのが大の苦手でしてね、ま、文章はそこそこですがね」

バーナードは謙遜したように言った。

「もう一度、このスケッチの女性を見ていただきたいのですが、この女性から見て右側に、今は何も書かれていませんが一人の男性が湖のほうを向いて座っていたのです。今も言ったように私は、ここには書かなかったが、目によく焼きつけておきました。その時は特になんにも感じませんでしたが、何度も出くわす羽目になると、妙に心に残るものです。いえ、この場合、心に引かれたから何度も出会うよう自分から仕向けたということなのです」

「仕向けた？　何がそれほどバーナードさんの好奇心を刺激したというんですか」

フォッグが言った。

「それは、彼がいつも持ち歩いている大きなとても頑丈そうな黒い四角ばったカバンが私の注意を引いたのです。話を聞いたぐらいでは、たとえ想像はできたとしても、たかが黒いカバンだろう、どうということはないのではないか、と思ってしまうと思います。ですがその男ときたら、チビなんですよ。おまけに小太りときてる。それにその持ち方にも、十分、私が見たところ問題があると思われるのです。いわゆるふつうの旅行者の持ち歩く姿ではないのですよ。なにかの様子が見てとれるのです。私は、自分の思いを誰にも告げずに、独自に調べてみようと考えたのです。その努力の結果、この男の名前を知ることができました。

彼の名はビル・ゲラー、『しゃくなげ山荘』のすぐ隣にある『かつら荘』に泊まっている男でした。そしてさらに、私の行く手は驚きと衝撃に満ちていたのです。私は、取材をするために、あちらこちらつねに歩きまわっています。それはすでにご存じだと思います。あのガリスさんの恐竜が展示されていた施設にも、その後何度か通っていました。それは今も続いています。ある日の朝早く、まだそこを訪れる客はいませんでした。私はミス・ベッシィにこう尋ねてみたのです。『私をここ以外で見た覚えはないかね』とね。すると彼女は、ありませんと答えました。

私がなぜこんなことを話すのかということは、この後のことで理解できると思います。つまり、こういうことなのです。この先一キロほどの所に、牧場レストランがありますよね。久しぶりにソフトクリームでも食べるのも悪くないなと考えて私は中に入っていきました。そこである男が誰かを待っているようなしぐさをして落ち着かない様子でキョロキョロしているのを見つけました。あのチビ男、ビル・ゲラーでした。誰が来るのか私は面白半分眺めていました。すると、誰がやってきたと思います？　ガリスさんの後釜に納まった彼女、ミス・ジョアン・ベッシィでした。どんなに変装したってわかりますよ、私にはね。あれはジョアン・ベッシィだって。私は毎日のようにあの施設に通っているんですからね、そこで彼女とおしゃべりをしたあと満足して別の方角に足を向けるのを常としているんですから。すっかり彼女の特徴を捉えていましたよ。

しかしね、私が気になったのはこのあとのことでした。二人にはまるで笑顔がありませんでしたよ。男は彼女を入口に見つけると、手を振って自分の存在を知らせました。その時の彼女はベージュの深い色あいの帽子を真深にかぶり、顔はサングラスで隠していたんですよ。それなのに男にはその女性が自分と待ちあわせしている女性なのだと、一目でわかったのですよ。それくらい知りえた相手だったということですよ。男はこちらに背を向けて座っていましたけど、女のほうはこちらに顔を向けて、なにやら親密な話をしているようでした。ただ、あまり嬉しそうではなく、さっきも言いましたが笑顔は一度も見られませんでした。それどころか表情は深刻そうな様子で、元気のない顔色、時折見せる、なにかを強く決意したと思わせる熱のこもった目の輝き。これはまるで娘が年とった父親を諭しているかのようにもみられるではないか、とさえ思わせるものでした。そこで私は少し飛躍的な考えを描いてみたのです。もしや、この二人は本当に親子なのではあるまいか?とね。

私はミス・ジョアン・ベッシィに、私を見た覚えはないかと尋ねたのは、毎日のように行っていた、その中のたった一日だけのことだったのです。私が彼女の特徴を捉えていたのだから、彼女のほうだって同じのはずですよ。もしレストランの中にそれらしき人物の姿容をみれば、遠くからでもわかるものですよ。私はそう信じてやみませんね」

自信満々でバーナードの話は終わった。たしかに彼の言うことにうなずける。彼は取材のノートにスケッチしてあった、どこという特徴のない女性の顔は、わざと輪郭をぼかしてあったに違いない。なにかにつけて用心深さというものは必要なことだ。ギリアン婦人は、そう考えた。

そしてデューラー老教授にも、ウインスロウ夫妻の印象として、なにかしら思うところを感じている。レイ夫人の含みのある表情。そして夫ウインスロウの目はなぜ見えなくなってしまったのだろう。その不自由な体で日本へ観光に来るとは。ただ部屋にくすぶっているだけ、時々は散歩もするらしいが、それではどこにいたって、たいして変わりはないと思うのだが、最後にギリアン婦人は、このようにまとめてみた。どちらも、なにか心に引かれるものを感じているらしいことは、よくわかった。だが、そう思えば、そのように思えるだけなのかもしれないのだ。

しかし、バーナードの一件は、ガリスさんの死亡事故と関係のない話ではないか、彼はどうして「かつら荘」の客のことまで、この場で披露したのだろうか。彼は、ただあの背丈に見合わず大きなバカでかいカバンを持ち歩いているということ自体が自分の常識というものに偏見を持ったからに他なるまい。そのことが彼の興味を引いたのだろう。話を聞けばだいそれたような疑惑を持っていそうにはみえないが。

デューラー老教授もバーナード氏も、ありもしない疑惑をつくりあげて、みんなの気を引こうとしたのだろうか。まさか、それが本当だとしたら、子供じみているではないか。

ジョアン・ベッシィは、アンナという気のいい若い女性と親しくなった。テーブル上にはおいしそうなアイスクリームが二つあった。彼女はとてもおしゃべりで「しゃくなげ山荘」に泊まっていた。そういう女性は、まわりのうわさを誰よりも早く聞きつけて自分のものにしてしまうのが上手だった。それに、罪悪感といったものを持ちあわせてはいないことも自分では気づいていないのだ。

ジョアン・ベッシィは、多くの質問をして相手を喜ばせていたのだが、アンナはうまく罠に嵌まっているということがわからないでいた。ジョアン・ベッシィはギリアン婦人のことを聞いてみた。

「あの人はね、ロス警察の刑事だっていう話よ。近頃じゃ女刑事もゴロゴロしてるわ。彼女に興味があるとは思えないけど」

どうしてそんなこと聞くの？といったような目でアンナが彼女を見ていた。

「興味はないわ。というのもね、私が見たかぎりでは、あの人いつも一人でいるでしょう。顔つきは、いつもむっつり、とっつきにくいようだし、そんなところを見ていると、自然とその、つまり」

「気になるのよね。わかるわ、あんたの言おうとしていることが」

アンナは、さらりと言って、アイスクリームを一口飲みこんだ。

「以前はね、食堂にいても、いつも一人で、食べてたのよ。まるで人をさけるようにして、すみのほうでね。でも、人見知りには思えなかったわ。なんというのかこういつも堂々としているからね。そのうち、うわさが広がって一人旅をしているロス警察の女刑事だとわかったってわけよ。あの人なりの配慮なんだなって、それから彼女をみると最初からいた人はみんな、知らず知らずのうちに、敬意を表すような目で見るようになったんだわ。もちろん今でも彼女に話しかける人は誰もいないわ、ごく一部の人達をのぞいてね」

アンナは、そう言って意味ありげな目を彼女に注いだ。それじゃ、このおしゃべりのうわさ好きのアンナは、渦中の事故の話題となっている全ての要素の中の人物一人一人を知っているということなのだろうか。ジョアン・ベッシィは思わず鋭くアンナを見返した。

「どうもありがとう、アンナさん、よくわかったわ。さようなら」

彼女は、すぐに離れた。

「ガリスさんは、どうして逃げなかったのかしら。それになぜあんな天井にスズメバチがいたのかということも気にはなるわ。なんだかガリスさんらしくないわ」

すると、別の意見が話された。

「ガリスさんは、時間に追われていたというから、頭の上で何が起こっていようと、気づかなかったということもあるんじゃないかな」

「まさか、そんなバカなことがあるもんですか。あのハチはすこぶる大きくて、目立つのよ。一匹飛んでいたって、迫力があるのよ。気づかないなんてことは考えられないわよ。私はね、あれからスズメバチについてよく調べてみたの。人が近づきすぎた時に、パトロールのスズメバチが飛んできて、警戒音を鳴らすんですって。カチカチってここから数メートル先に巣があるから、人間よ近づくな、ってことらしいのよ」

「へえー」

と、誰かが感心したように言った。

「さらにもう一つあるわ。それは男性の整髪料ですって」

「整髪料？　ああ、あれは結構きついものが多いからな」

「そうらしいわ。その匂いでスズメバチをおびき寄せてしまうらしいのね」

「だったら、女性の化粧だって同じことでしょう」

「そのとおりよ。だからハイキングや林の中を歩く時にはにおいの強いものはつけないほうがいいってことよ」

「少しばかり好奇心が静まらないのよ。ジョアン・ベッシィがチラチラ天井を見上げていたのもちょっとばかり気になるわ」


パティは、顎の下で指を動かしながら、目は、床を見ていた。パティは、布ずれの音でハッと我に返った。毛布をめくり、夫はベッドに入るところだった。彼女が、どの位の間、考えごとに集中していたのか、わからなかったが、夫の機嫌を損ねてしまったのかもしれない。

目の光を失ってからというもの、夫は多くを語らなくなった。パティが、何かに熱中して、会話が途絶えてしまうと夫は決まって、ベッドに入り昼寝をしてしまうようになった。それはこの旅行に来て、変わったことの一つだった。

やっとここまでたどり着くことができた。二人がここに来たのは、ただの観光ではなかった。ある目的を追ってここにたどり着いたのだった。しかし、それは意外なことに、二人が何も手を下すことなく事なきを得たのだった。

なぜ？　何がどういうわけで、そのようなことになったのか、この二人には、まったくといっていいほど見当はつかなかった。夫のウインスロウが昼寝をしてしまうとパティは外に出た。

この頃は、都合のついた時いつでも外に出られるように気軽な服装をしていた。彼女にはある計画があった。夫には見えないので、好都合でもあった。彼女の数メートル先に、ビル・ゲラーが歩いていくのが見えたので、パティは走っていって声をかけた。

万一、大きな声を出して、夫に聞かれでもしたら――。パティは、細心の注意を払っていた。

「やあ、これは、パティさんではありませんか、そんなに息を切らせて、どうしました」

いきなり現れたので、ビル・ゲラーは驚きを隠せなかった。相変わらず彼は例のカバンを大事そうに持っていた。

「これはまた、よくお似合いですな、お一人で？」

彼は、パティの服装をほめて、ウインスロウの姿がないので目をキョロキョロさせた。

「夫には内緒ですのよ。あのとおり目が不自由でしょう。ですから冒険を好みませんの。でも以前はこんな言葉が似合わないほど、活発でしたのよ」

パティは、夫のことはこれ以上話そうとはしなかった。彼女は、話題を変えた。

「ビル・ゲラーさん、いいところでお会いできたと思っていますのよ。お話がしたいと思っていたところでしたの。夫が今、お昼寝中なので、出てきたのです。あなたのお姿が窓から見えましたので。ですからお話は外でしかできませんの、よろしいかしら」

パティはビル・ゲラーがどこに行こうとしているのか聞くことはなかった。

「かまいませんとも。では、どこかに座りましょうか、歩いていては話もできませんでしょうから」

彼は、夫人を気づかって言った。

「ありがとう、それじゃ、あそこがいいわ、あの大きな石の上」

パティは、ヤマツツジのそばの大きな石を指さして言った。ビル・ゲラーは、うなずき、自分は芝の上に腰を下ろし、パティは、石の上に優雅に座った。

「で、お話を伺いましょうか、夫人」

ビル・ゲラーがうながした。パティは、夫に話したことそっくりを、彼に話した。そして、ビル・ゲラーがどんな返答をしてくるか待っていた。

「パティさん、このこと、他に話しましたか」

ビル・ゲラーが言った。その声は低かった。

「いいえ、主人とあなただけですわ」

けげんそうにパティは彼の顔をのぞきこんでいた。

「ビル・ゲラーさんは、どう思いますか」

パティは、再度うながした。

「私は、まったく、気づきませんでした。ですが、その娘さんは、何かに気をとられていたのかもしれませんね。ほら、またいつかのようにスズメバチが入ってこないか、とかね」

その言葉は、パティが聞きたがっていたこととはあきらかな違いがあった。このあと彼は言葉をつまらせた。

ビル・ゲラーは、実際なんと答えてよいのやらあれこれ考えをめぐらせていた。あまりいい加減なことは言うまいとしていた。自分が話したことで彼女に誤解を持たせてしまったとなると、あとあと面倒なことになる。そのとき、パティは、思わずハッとして、目をパチクリとさせた。

「まぁ、私ったら、ごめんなさい、少しぶしつけなお話でしたわね。この間、ご親切にしていただいてから、すっかりなれなれしくしてしまって、おまけにこんな話するなんて、本当にごめんなさい。ただ私は、目が見える人とお話がしてみたかったのよ」

そのときの彼女の目は、なぜかさみしそうにみえた。旦那は目が見えないということで話をするにもなにか苦労があるんだな。気の毒なことだ。ビル・ゲラーは直感的に思った。

「もう行かなくては、夫が起きたかもしれません。コーヒーを欲しがるかもしれないわ。それじゃ、ごめん下さいね」

そう言うと、足早にその場を離れ、大きく茂った、ヤマツツジの植え込みの中に身を隠すようにしていなくなった。やれやれ助かった誰にも見られていない、と思ったのもつかの間、正面を向いた時、彼女はギョッとなった。

ほんの数メートル先に人がいたのだった。今の話、この人は聞いたかしら。――パティは一瞬思った、がなにくわぬ顔をしようと決めた。その時、目が合って、相手がにっこりしながら言った。

「こんにちは、マダム。あなたはとても献身的でいらっしゃる。お二人がいつもご一緒のところをよく拝見いたしますわ。仲のおよろしいことで」

相手に警戒心を与えまいとして、バーナードは言った。

「そうですか、私もお見かけしたように思いますわ。パティ・レイです」

「バーナード、といいます。旅行記作家なんです。こうやって親しくお友達になった方には、自分を売りこんでいるんですよ。ま、同じ所に泊まっているのですから姿は見かけているでしょうな、おたがいに」

バーナードは愉快そうに笑った。

「まぁ、そうですの」

この時、彼の顔を見たパティの心に浮かんだことといえば、まぁ、何かの昆虫によく似たお顔をなさっているのねえ、でもなんだったかしら？　バーナードは、花の間を飛ぶ小さなハチを見つめていたパティは、遠まきにそれを見つめていた。

「そのハチも人を刺しますか」

パティがこわごわ尋ねた。

「何もしなければね、けして大丈夫というわけでもありませんが、これはミツバチですす小さくてかわいいでしょう。一生懸命、蜜を集めているんですよ」

「小さくて、かわいいですって？　私ハチは嫌ですわ」

パティは露骨に顔をくもらせた。

「しかし、ミツバチはこうやって人間が間近にいてもどうということはありませんが、スズメバチの奴らには、こうはいきませんよ。そう思いませんか」

そんなことは百も承知、バーナードの話を上の空で聞きながら彼女は言った。

「まだ、ハチのお話を続けなくてはなりませんの？」

パティは、両腕をなでながら、彼に背を向け、顔をしかめて言った。

「ガリスさんの不幸な事故で、ハチに対して警戒する人がだいぶ増えたようですね。あの人も気の毒な死に方をしたもんです。これからまだまだ立派な功績を残せた方だったでしょうに。国もそうですが彼の所属していた学会では、優秀な学者を失ってしまったというわけですな」

突然、パティが振り向いてバーナードを見た。その美しい目に、言い表すことのできない光明を見たように思った。バーナードは吸い寄せられるように夫人を見ていた。それから彼女はパッと身をひるがえし、走っていってしまった。

最近ではすっかりなれて、みんなは、ことあるごとにギリアン婦人の部屋に集まって来るようになっていた。新しい情報をみんなに伝えるためだった。

「最近ウインスロウ夫人のパティさんは、変わったと思うよ。みんな気がついたかどうか。夫人は、以前は優雅なドレスを着て、ご主人といつも一緒に散歩をしていたのだが、この頃は違うぜ」

フォッグが切り出したあと、バーナードが続いた。

「パティさんとビル・ゲラーは急接近だというんだろう」

「どういうことですか、バーナードさん」

カレンが質問した。

「急接近と言ったのは、『青少年環境施設』の天井を、ミス・ジョアンが脇目もふらずじっとにらみつけているところを、パティさんが出くわしたということだ。このことをどう思うかと、彼女がビル・ゲラーさんに意見を伺っていたというわけさ」

バーナードは、スラスラと言ったのだった。

「ビル・ゲラーさんは『かつら荘』にお泊まりだし『しゃくなげ山荘』とは隣で近い。モミの木の植込みを隔てた場所にある。行き来も楽だし、奇異な目で見られることもない。つまり、気軽に会うこともできるというわけなのだ」

「ビル・ゲラーさんは何と言ったんです」

フォッグが息巻いて聞いた。

「気がつかなかったし、それにまたスズメバチが飛んでこないか見ていたんじゃないかなと、とかなんだかそんな話だった。パティさんのほうは、旦那さんが昼寝している間だけしか外に出てこられないと言っているのが聞こえたような気がしたよ。彼女も苦労するな。目の見える人と話がしたかったと言ってたのが聞こえたよ。だがそのあと、すごくあわてた様子でそこを飛び出したんだ。ところが、彼女がいきなり茂みの中から現れたのには驚いたねえ。私がすぐ目の前にいたのであっちもそうとう驚いたと思うな。そこで私は、彼女を安心させるために、ニッコリしながら、こんにちはと言った。なんだか、こっちを少し警戒しているように思えたのだがミツバチを眺めている私に、そのハチも人を刺すのかと質問してきたので領域を越えればなんだって危険だと言ってやった。

ビル・ゲラーに話したことは、私にはしなかったな、それからハチの話からガリスのことになった。私はガリスさんも生きていれば、まだまだ優秀な功績が残せたと思う。彼を失って尊大な損失だと言ったら、突然彼女私をにらみましたよ。そう、あの目は極度の怒りに達した目だった。何も言うことはなかったけど、そのまま彼女は行ってしまった。あんな奇妙な反応を見せたのは初めてだ。その時私は思ったんです。これは何かがありそうだってね。そして、もしやここが重要なところなのではないだろうかと、そう思ったんです。ギリアン婦人、どうです。みんなもそう思ったんじゃないかな」

すると、そこへドアにノックがあって、部屋で休んでいたはずのデューラー老教授が仲間に加わった。みんなは、老教授をいたわるような、やさしい表情を見せながら彼のそばに行って「何かお飲みになりますか」とか「イスならこちらのやわらかいソファーのほうがいいですわ」などと、かいがいしさをみせていた。

「あ、いやいや、お嬢さん方、そんなに私を病人扱いしないでもらいたいもんですな。みなさんのお邪魔はしないつもりですが私は考えていたことがありましてな。それといいますのも千手ヶ浜までみんなでピクニックに行ってはどうかと、思いたったたんです。せっかくこのすばらしい観光地に来あわせた仲間達ですからな、一日ぐらいのんびりと、外の景色を眺めながら潮の風に吹かれながら話しあうのも、風変わりでいいもんじゃありませんか。いかがですかな、ギリアン婦人、みなさん」

老教授は、ニコニコしながらみんなの顔を見て言った。

バーナードも大乗り気になって、ぜひそうすべきだ、と言って、ギリアン婦人を納得させていた。彼女とて、断わる理由もない。まして行かなきゃならないということもないのだが、この時ばかりはギリアン婦人の胸の内で、変化が起こっていた。彼女は、組んでいた両腕を今度は腰にあて、力強く言った。

「そうね！　それもいいことかもしれない。花や緑を眺めながら風に吹かれて話をするのも、悪いことじゃないわ！　異存はない！　じゃ、今からみんなで行くとしますか！」

まさに、獅子の雄叫びだった。そうと決まれば、早かった。またたく間に準備は完了していざ出発となった。

千手ヶ浜までは、低公害の専用バスを利用した。この辺りでは、季節はすでに初秋の趣がただよい始めて肌寒く、みんなをびっくりさせていた。吹く風は、微妙なかげんで冷気を含み、湖は透明感があった。

林の中の草花も、夏の緑は衰え始めて、早いものはすでに、土に還る準備を始めているかのように見えた。観光客の姿は、減るどころか、さらに本格的な秋の季節に向かって、さらに倍に増えるだろう。この地域はこれから、華やかで、さみしく、静かな日々を迎えるのだ。

ギリアン婦人は、自然の中に立って、遠くをただ見つめていた。季節が次第に変化してゆくのを感じていた。しかし、まだ八月のなかばだというのに、腕を肩まで出していると肌寒さを覚えた。平野では、まだまだ夏の盛りのはずなのに。高原では、こんなにも気温や気候が違うものなのか彼女は改めて理解したような気持ちになっていた。

ギリアン婦人は、両腕を伸ばして大きく深呼吸をした。ここは、海とは違って特有の磯くささというものがないので、彼女はそれが気に入った一つの理由だった。デューラー老教授は、実にいい提案をしてくれたものだ。彼はお弁当の見張り役をしながら、湖のそばにある倒木の上に腰をかけて、教え子らがバーナードと波打ちぎわではしゃいでいるのを目を細めて見守っていた。

カレンとアデールは、三人めがけて手ですくった水をかけながら遊びに加わっていた。そのうち、波打ちぎわを泳ぐ小さな魚の群を見つけると、水しぶきをあげるのをやめ、手ですくいとろうとしながら追っていた。ひとしきり遊びほうけたあとは、みんな静かになって、思い思いの格好でぼんやりと湖上を行く遠くの遊覧船を眺めていた。

「あれもいいわね。乗りたいな」

カレンが言った。

「私も乗ってみたいわ、きっとすごく気持ちいいわよ」

アデールも賛同して言った。

「湖の上を走るんだから当然だろう。いつにするか決めないか。二人とも都合のいい日を言ってよ」

キースがフォッグの腕をつついた。彼らを見ろ、という無言の合図なのだ。その先には三人の大人達がいる。みな、同じように口を閉じたまま、それぞれ見ている方向は違っていたが、その胸中には、何か秘めたるものがあるらしかった。四人は、おしゃべりをやめた。

デューラー老教授までが、真剣なまなざしをみせているのは驚きだった。湖の上に張り出した桟橋の上で、手すりに寄りかかっているギリアン婦人がそうして何も言わないのは、彼女が本職の刑事だからどんなことをしてもそれは理解できることはみんながが納得できることだ。

「バーナードさんて、何でもよくわかるのね」

カレンが声を低めてアデールにだけ聞こえるように言った。

「それだけ調べてるってことでしょう。一日中、どこかに行ってるみたいだしね。旅行記作家だから、当然のことかもしれないけど」

アデールが感心したように言った。

「その点、私達には無理ね。キースやフォッグにはできないことも、バーナードさんならできるということもある。彼はそのことを十分わかっていて、おおいに活用してるってわけね」

「それこそ大人の世界よ。でも、あと何年かすればキースだってフォッグだって、さらに経験を積んで大人になれば、バーナードさんと同じことができるというものよ」

「やっぱり経験が大事だってことね。それにしても、みんなどうしてだまっちゃったのかしら。おかしなこともあるのね」

アデールが妙な気持ちになっていたとき、カレンがアッという声を出したので、ギリアン婦人もバーナードも老教授までも、びっくりして我に返った。

「どうしたのかね」

老教授がこちらに向かってくるカレンに尋ねた。

「ビールを冷やしておくのを忘れたわ。こんなに照ってるのにぬるいビールは飲めないでしょう」

「それにワインもね」

元気づいたようにフォッグも言った。若い彼らはたちまちワイワイ言いながらバスケットの中をのぞきこみ、かたっぱしから果物やらくんせいやらを取り出すと、波打ちぎわに浅い穴をほってそこへ投げこんでいった。

「いい思いつきですね、カレン」

手をポンポンとならしながら手についた砂を落として老教授も楽しそうに言った。

「どうせなら、これも」

アデールは、最後にとり出したアメ玉の袋を持って、波打ちぎわに行き、ワインと並べて水につけた。ところがアデールはそこに奇妙なものが浮かんでいるのを見たのだった。血の気が引いていくのがわかった。

「みんなちょっと来て！　これを見て！」

まっ青になりながらアデールは叫んでいた。鋭い声に真っ先に反応して駆けつけたのがキースとフォッグだった。次に近くにいたバーナード、ギリアン婦人は急いで桟橋を駆け出してきた。最後にヨロヨロと老教授がやってきた。

「これは、ハチだ。死んでいるんだね」

「こんな大きなハチって」

カレンがわななくような声で言った。

「これがスズメバチだよ、今の話からだと初めて見たようだね」

バーナードが言った。

「スズメバチ!? それじゃこれがガリスさんを襲って死なせたというハチなのね」

唇を震わせながらアデールが言った。

「このスズメバチということではないと思うがね。それにしてもざっとみて二十匹以上はいるな、どうしてこんな所で浮かんでいるんだろう」

バーナードは、見つめながら考えこんだ。ギリアン婦人も老教授ものぞきこんでいた。

「ねえ、このスズメバチ、少し変じゃない。なにか透明な糸のようなものがついているみたいなんだけど、気のせいかな」

ギリアン婦人はのぞきこみながら新たな何かを見つけたようだった。

「透明な糸ですって!?」

バーナードがオウム返しに言った。

「手がかりになるかもしれませんね」

フォッグが言った。

「手がかりとはすなわち疑問である。誰かそれを引きあげてみてくれない。砂の上でよく見てみようと思うから」

ギリアン婦人の言いつけでカレンが棒切れを見つけると死んだスズメバチを次々と砂の上に引きあげていった。彼女は、意外に勇敢だった。

「君って、すごいね、物おじしないんだね、見直したよ、いや、ますます尊敬するよ」

フォッグが彼女を称えるように言った。ギリアン婦人が、死んでコロコロと転がっているスズメバチを一匹一匹丹念に、調べていった。すると最初に見つけたとおり、足の辺りに透明な糸、それは釣り糸と思われるものが括りつけられて、二、三センチぐらいの長さで切られていたのだった。これを見ても、相手が凶暴なスズメバチなのでかわいそうだという者はいなかった。

問題になったのは、スズメバチの足にどうして釣り糸が括りつけられていたのだろう、ということと、それがここに浮かんでいたというのは、どんな謎が隠されているのだろうか、ということに、話が弾んでいった。

「それにしても、こんなでかいハチにどうやって釣り糸を括りつけることができたんだろう」

誰も釣り糸の中に自分から飛びこんで、足に絡まって動けなくなって死んだと考える者はいなかった。人の手が加わっている。みんなそう感じていた。

「スズメバチならではの利用法があったと考えるべきだろうね」

ギリアン婦人は、考えを口に出した。すでに彼女は、ガリスの死のことが頭にあった。しかし彼の名は口にしなかった。おそらくここにいるみんなもそう考えていたはずだ。

「凶暴な相手を扱うには眠らせてしまうのが一番ね」

アデールが考えた末に、こう言った。

「何を言ってるの、アデール」

キースが尋ねた。ところが彼女はそれには答えず、バーナードに意見を求めた。

キースはバーナードを鋭い目で見つめていた。

「バーナードさんなら、きっと満足した答えをお持ちじゃないかしら」

「私がですか?」

バーナードはびっくりして目を大きく見開いた。

「私の言うこと、そう見当はずれでもないでしょう。これは思うんですけど、昆虫採集やるときと同じ要領ではないかと考えてみたんです」

アデールはバーナードより先に自分の意見を話した。

「ちょっと待って、だって君は、今眠らせるって言ったんじゃないのかい」

フォッグが異議を唱えようと割って入った。

「ええ、言ったわ。眠らせるって言ったって、二つの方法があるでしょう。麻酔薬と毒液とね。私は毒液のことを言ったの。そうすればこんなスズメバチだって足に糸を括りつけることだって簡単にできるはずじゃないかしら」

アデールは、ひたすら話に夢中になっていて、他のことには目もくれなかった。

「なるほど、君は実にすばらしい着眼力をもっているんですね。女性にしては見事ですよ」

バーナードはアデールの意見をほめた。

ギリアン婦人はみんなの意見に耳を傾けていたものの一つとして満足のいくものはなかった。彼女だって人の意見ばかりに頼ろうという気はさらさらなかったので、自分でもいろいろと考えをこねくり回していた。彼女も、バーナードが、ここにいる誰よりも物をよく知っているということは、カレンやアデールの言うように認めていたので、思いついたことを言ってみようかという気になった。

「釣り人がスズメバチを、釣りのエサにする、なんてことありますか、バーナードさん、聞いたことありませんか」

ギリアン婦人に名指しでそう尋ねられて、いささか驚いたのだが、なんと答えてよいのか、はあ、そのう、などと言葉をにごしていた。ちょうどそのとき、デューラー老教授が割って入ってくれたので、救いの主に助けられたといった感じだった。

「差し出がましいようですがね、ギリアン婦人、ちょうど、スズメバチのことで昔、聞いたことがあるので、そのことをお話ししてみたいと思うんですがね、かまいませんかな」

しばらく倒木に座りっぱなしだったので、老教授はお尻をもじもじ動かしながら言った。

「差し出がましいだなんて、そんなことありませんよ、なんでもお話し下さい。さあ、どんなことを聞いたんです」

ギリアン婦人は、老教授が何を言おうとするのかそしてその話がどの程度自分の気持ちを引きつけるものなのか、聞いてみる価値はあった。

彼らは老教授をヨボヨボの大年寄りだからといって、見下すようなことはしなかった。

「これは、人から聞いたことですのであまり信用するほどのものではないと思うのですが。つまりですな、このスズメバチは幼虫の頃から人の手によって飼育されることがあるというんですな。その目的は様々で、その、今回見つかった死んだスズメバチは、もしかしたらそんなふうにして飼育されたのではなかろうかと、ふとその頃耳にした話を思い出したというわけなんですよ。そして、このスズメバチどもは、お役ごめんになったんでしょうな。ま、このようなことなので聞きながして下さい」

老教授は、ついに立ち上がって痛むお尻をなで始めた。このことは、初めて聞くことだったので、誰の口からも意見はのぼらなかった。みんなはすっかり自らの考えにとりつかれてしまっていたのだった。おそらく様々な考えが彼らの頭の中を駆けめぐっていたことだろう。そして、それらのことを話そうとはしないのは、バカバカしくて笑われることを予想してのことなのだ。

そろそろお昼にしようということになったので、若い彼らは、歓声をあげて波打ちぎわに入っていった。みんなほどよく冷えていて、飲むと喉の奥が冷たく感じた。一人ひとりが他人なのに、和気あいあいとした雰囲気は、まるで家族のような存在を思わせた。

ギリアン婦人は、ビールの泡の向こうに見える人達を見ながら、ついそんな妙な思いに駆られていると、バーナードのところで思わず身ぶるいしてしまうのだった。ビールをぐっと飲んだので、今度は咳きこむ始末だ。まったく！　なんてことなの！

ギリアン婦人は、咳きこみながら考えていた。初めから、疑うことなんて、なんにもなかったのだ。ガリスさんがスズメバチに刺されたことが原因で死んだことは、みんなが見ていたことだし。バーナードさんは忠告までしたのだ。だけど、ガリスさんは意地を張って、そのまま居続けたがために起こった事故だったのだ。

それをこの私は、直感で疑いを持った。本当に直感が働いたのだろうか。今となってはあやしいものだ。何もないとすれば、この先どこまでいこうというのだ。もしや、私はここにいるのが、いや休暇そのものが退屈してきたのだろうか。そろそろ仕事に戻りたがっているのかもしれない。

ギリアン婦人は、さらに考えを進めていった。自分の気持ちと、これは正真正銘の事故なのだということへの決着をつけるためでもあったのだ。

ガリスさんが六ヶ月から急に二週間という短期の仕事への変更があった、なんて別にたいした問題ではないと、無責任ながら思うのだった。本人にとっては、相当辛いことかもしれないが、しかし世の中は常に何かが変わっているものだ。小さな変化も大きな変化も同じことなのだ。とりたてて騒ぐことではない、ということなのだ。世の中は不可思議なことが充満しているのだ。

ギリアン婦人は、自分だけの世界に没頭していたのでまわりで騒いでいる人達のことなど目に入らなかった。ようやく気づいた時は、小雨が顔や肌にポツポツと落ちてきたときだった。彼女は、あわてて立ち上がった。

昼食のあと、もう一度水ぎわで遊ぶことにしたのだったが、しばらくして森の方に白い靄がかかり始めているのをバーナードが見ていた。そのとき水しぶきをあげながアデールとカレンの二人もやってくると、血相を変えて、遠くの湖がかすんで見えると指をさしてみせた。バーナードはその方向に視線を向けると、湖と青空の境がわからなくなっていた。

「ねえ、私達このままではまずいんじゃない。水から出たほうがよくはない？」

顔をこわばらせながらカレンが言った。

「湖も森も遠くは何も見えないわ、真っ白だわ」

何かにおびえたようにアデールも言葉を放つ。

「霧だ。霧が出てきたんだよ。そいつが迫ってきている。我々を飲みこもうとしてるんだ。ぐずぐずしてると閉じこめられてしまうぞ。視界がさえぎられないうちに早くここから離れよう!」

今までのおっとりした老教授らしからぬ言葉の切れが、余計みんなの不安をあおったようだった。

「みんな、焦らないで、と言っても無理な話かもしれないわね。とにかく慎重に」

ギリアン婦人は、言葉鋭くどなるような調子で言った。

「どうすればいいの、どこへ行けばいいの!」

アデールは完全におびえていた。

「落ち着くのよ、アデール」

カレンが彼女の肩を安心させるようにポンポンと軽くたたいた。

「たしかここへ来る途中に何かの施設があったと思うんだ。博物館のある環境センターまで戻るには遠すぎる。だが、今話した何かの施設までなら、間に合うと思う。とにかく今はそこへ急ごう」

バーナードの言葉が頼もしく、みんなは安心するような溜息をつくと、それに従った。

「急げ!　霧の流れは思いのほか速いんだ。息の続くかぎり走らなくてはならん」

バーナードは、みんなを奮い立たせた。老教授は、すでにパニックにおちいってい
た。ゼーゼーと喉をならし始めた。
「大丈夫ですか、デューラーさん、走れますか」
ギリアン婦人は、老教授を気づかった。
「大丈夫だとは言いきれんな。こういうことは慣れているとはいえ、やはり後から
迫ってくると思うと、おもわず逃げだしたくなるから不思議だね」
それは前からも、いやまわりからじわじわと彼らに迫ってきていた。
「もうすぐで右へ曲がるぞ！　そしたら道は平らだから全速力で走るんだ！」
前の方からフォッグのかけ声が聞こえた。
「アデール、カレンももうあと一息ですからね！」
バーナードは、万一のことを思って、彼なりに彼女達と、付かず離れずという距離
をとって走った。どういうわけか老教授はギリアン婦人に任せておけば安心だという
気持ちになっていた。
「曲がるぞ！　みんな右へ曲がれ！　そのまま真っすぐだ！」
キースが力をふりしぼって叫んだ。彼らはそのとおりに走った。霧は、おとろえる
どころか、同じ勢いで、辺りを乳白色に染めていく。行く手に温かそうな灯が、ぽん

やりと見えてきた。青年環境施設の灯だ。みんなの心は弾んだ。霧に追いつかれるか、彼らが速いか、霧は、角を曲がり、追いついてきた。だが一歩手前で彼らのほうが速かった。ドアが開くと同時にすべりこんだ。息もたえだえだった。白い魔物から逃れた彼らはへとへとになりながら、窓にへばりつく渦まく怪物をにらみつけていた。

彼らが転がりこんできたので、数人いた観光客らは何事かと驚いて見ていたが、次第に納得したようだった。ギリアン婦人は老教授を空いていたイスに座らせ、休養をとらせた。彼は、ありがとうといいながら、病みあがりのせいもあって、ゼイゼイと息苦しそうだった。気分も落ち着いてくると、暇をもてあましぎみの若者でなくても施設の中をブラブラと歩きまわってみたくなるもので、それこそ部屋のすみずみまで見学して回った。ここは、学習するための施設なので、気を引くものはなかった。

自動販売機のそばに、隠れるようにしてウインスロウ夫妻が座っていた。パティの顔の表情が心配げな様子に見てとれた。その時彼女はイスを立ち、夫のそばを離れた。ウインスロウは両手で白い杖を持つその手がかすかに震えていた。突然、ウインスロウが咳をし始めた。風邪でも引いたかな？　老教授のようにこのあと寝込んだりしなければいいが、バーナードは心に思った。

「誰だね、パティかい。誰か私の前にいるのかね」

ウインスロウは、つぶやきながら顔を左右に動かしてみたり、見えない目で自分の前にいる何者かをにおいでかぎ分けようとでもするかのように、奇妙なしぐさを始めた。バーナードは、すっかり興味をそそられくぎ付けになっていた。相手は見えないのだし、気づかれる心配はない、と思っていたのだ。だが次の瞬間、彼はこちらに顔を向けたままその動きを止めたのだった。ギョッとしたバーナードは、思わず顔をそむけた。

彼は、もしや目が見えるのではないかと、思ったほどその動きには迫力があったのだ。しかし、それは当然バーナードの思いすごしでしかなかったのだが、胸の鼓動は、なかなかおさまることはなかった。

ウインスロウは、また軽い咳をした。

パティが戻ってきて、夫のそばに座ると、やさしく背中をさすってやった。

「この突然の霧で、バスの時間に遅れが出ているらしいんですって」

パティは夫に告げた。彼は、静かにうなずいた。

「ここにこうしている間、いろいろ考えていたんだよ。こんなにあっさりと目的が達せられたなんて、実に意外だった。誰かが我々に代わって思いをなしとげてくれたと、考えるのはあまり調子良すぎるだろうかね」

「ほんとですわ」

パティは控え目に言った。

「それにこうして終わってしまうと、我々にあんなことがはたしてできただろうか、と思ってしまうよ」

「それは私も感じていたことだわ。でも、いいほうに考えましょうよ。きっと神様が私達に代わってどなたかをお使わしになったのよ。もうそのことで悩むのはよしましょう。これからは楽しいことだけを考えるのよ、ね」

「君がそう言ってくれると嬉しいよ。私は国を出てからずっと後悔ばかりしてきたように思う。この先の人生にも、そのことはずっとつきまとうだろうと」

「またその話？」

パティは彼の話の間に割って言った。

「旅は、いろんなことを考えさせられるわ。決心もにぶらせるかもしれない。反対のことも言えるわ」

パティはやさしく言った。ウインスロウは、咳をした。妻の手がやさしく夫の背をなで始めた。奥のドアがあいて、事務服を着た女性が、出てくるとキョロキョロ誰かを捜しているように見えた。丸顔で素朴な風貌に、眠たそうな目をした女性は自動販売機の所にいるパティの姿を見つけた。女性は人の間をぬうようにやってくると、他の人にも聞こえるぐらいの声で話を始めた。

「先ほど、お伝えしたこととあまり変わりはないのですが、向こうからの連絡によりますと、あちらのほうがはるかにひどいんですって。一寸先も見えないようですわ。私もこのバスで帰るつもりでいるんですが、いつになるか――。この時期、けっこうあるんですよ。このように急に霧が出ることが。これじゃ一寸先は闇じゃなくて一寸先はミルクですわね」

こう言ってニコッとしたあと、その女性は、事務室の方へと行ってしまった。

「なかなかユーモアのある娘さんだ」ウインスロウの口元に微笑が浮かんだ。

「でも、なんだか変な話ですわね。向こうからの連絡っていったいどこなのかしら」

パティは女性が言った言葉を思い出しては眉をしかめていた。

「きっと、あちら、からなのだろうよ」

二人は笑った。笑った拍子にパティは、バーナードに気づいた。パティとバーナードは、同時にニッコリ笑った。

「今、事務室の中にジョアン・ベッシィがいたようだったけど、あ、やっぱりいたわ」

カレンは、めざとく彼女を見つけるとアデールにささやいた。

「いつ来たのかしらね」

アデールが言う。

「時々、こっちを見るんだけど、誰かを見てるのかしら」

カレンが疑り深そうに言った。そのとき、霧が晴れていくぞ、という声にその場はざわめいた。そして、みないっせいに窓ガラス越しに外を眺めた。霧がゆっくりと渦をまきながら動いているのがわかるのだった。

「霧が流れ始めたって？　では、晴れるんだな」

ウインスロウも喜びを隠しきれずに言った。

「もうじきここを出られるわ」

パティも胸をつまらせながら、彼同様喜んでいた。

「ああ、よかった。思ったより早く晴れそうなので、これで安心だわ」

ジョアン・ベッシィも、事務室のドアを勢いよく開けて窓ガラスの外を流れていく霧を見つめホッと胸をなでおろしながら笑顔になった。大急ぎで戸じまりをして、自分も帰りじたくを始め、ドアに向かって歩き出した時、足元に妙なものが落ちているのが目に止まった。スズメバチの死がいだった。

「これは!?　どうして、こんなものがここに――！」

さらに、四つに折りたたんだ白い紙が同じようにあった。彼女は、それを拾い中を見た。それは明らかにジョアン・ベッシィ宛とされたものだった。彼女は、誰がこんなものを置いたのか、血走った目を、周囲に向けた。

今やっと霧が晴れて、閉じこめられていた観光客達がはればれとした表情で外に出ていこうとしていたのだ。こんな妙ないたずらを、しかけようとする者は誰もいようとは思われなかった。誰も彼女に注意を払う者はいなかった。

ジョアン・ベッシィは、ゆっくりとキョロキョロ出口に向かって歩いていた。心の内を誰にも気づかれてはならないと強く思い、気を落ち着かせるのにけんめいの努力をしていた。

ウインスロウは、まだ咳をしていた。バーナードが四人の若者達に笑顔でしゃべっていた。ギリアン婦人は老教授にぴったりくっついていた。

「あした、早く、みんなで町まで行かないかい。朝食が終わってすぐに出発だけど、それでもいいかな」

バーナードがさそって言った。

「かまいませんよ、なあ、フォッグ、君達も行くだろう」

キースがアデールとカレンに言った。

「バーナードさん、私、ぜひ行きたい所があるんですけど、いいかしら」

カレンが猫なで声で言った。話し声は続いて、そのあと笑い声になっていった。

楽しそうな彼らの姿を見ても、今のジョアン・ベッシィにはまったく上の空だった。ジョアン・ベッシィは、全員がここを出るまで待っていた。そして、とうとう一人きりになると裏口から外に出て、みんなと同じバスの発着所には向かわず反対の方向に向かって歩いていった。

彼女は、千手ケ浜(せんじゅがはま)の岸辺に立っていた。陽もさして、空も青くこのまま良い天気が続くだろうと思えた。観光客が数人、波打ちぎわで遊んでいた。

釣りをする者は、ただ一人だけいた。その場所は以前彼女がいた所に通じていた。その男は、彼女を見ようとはしなかった。気配を感じていることはわかっていた。やがて男は釣り糸をたたむと、帽子を真深にかぶりその場を去っていった。

彼女は一人とり残された、と思った時だった。前を歩いていた男が、急に立ち止まると、顔だけをこちらに向けて、一度だけうなずいたのだった。そのあと男はひたすら歩くだけだった。

ジョアン・ベッシィはこの妙な行動に一番適当な解釈を見つけなければならなかっ

た。だが時間はかけられない。彼女はとにかく歩くことにした。ジョアン・ベッシィは、付かず離れず歩いていくその時、妙な雰囲気を感じとった。彼女は突然凍りついた。しかし立ち止まることはできなかった。どこを歩いているのかわからなかった。

男の行く先は、なんと、青少年環境施設に向かっていこうとしていた。彼女は不思議な感じがしていた。何度か歩みが止まりそうになりながらも、必死であとをつけて行く。なぜなのか、彼女は自問自答していた。このあと、どうするつもりなのだろう、と彼女が思った時、男は、急にゆっくりと音を立てずに建物の裏に回っていった。男は一度もこちらを振り向こうとはしなかった。

そして次の行動は、驚くべきものだった。そこには小さな窓があった。男はその窓を開けると、いきなり釣り糸を中に向かって振りあげたのだ。ジョアン・ベッシィは、ギョッとなってその声を聞いた。施設の中から、人の声がざわめきのようになって外にもれていた。観光客のはしゃぐ声かと思ったが、それにしては少し変だということに気がついた。中には誰もいないはずだとわかっていた。彼女は、いったい何事が起こったのかと、その場を離れ、急いで施設の中に入っていった。

部屋の中を、一匹の大きなスズメバチが羽音を立てて、人々の頭上を飛びまわっているのを見たのだった。騒いでいる人達は、なんとみんな笑っているのだ。それに彼らは、みんな、ジョアン・ベッシィの知った顔の人達ばかりなのだった。キースとフォッグ、それにアデールとカレンの若者四人組が、ここにいた。そしてギリアン婦人が鋭い目をして天井をにらんでいた。目の色を変えたまま、ジョアンは彼らを見つめていた。その時、飛んでいたスズメバチは、ポトリと床の上に落ちた。

キースが、ゆっくり行って拾いあげると、黙ってジョアンの放心した目の前に持っていってぶら下げた。きゃっと叫んで、彼女は我に返り、あとずさりした。唇がワナワナと震えるのがわかった。キースは、それをポケットにしまいこんだ。

「いきなりの展開だったので、何がなんだかわからなかったでしょう。あなたのやったことを再現してみたんだけど、驚くことじゃないでしょ」

ギリアン婦人がキースのあとからやってきて、びっくりしているジョアンに言った。

「再現ですって？」

ジョアンはあとの言葉が続かなかった。

ドアが開いて、さきほどの釣りをしていた男が入って来ると、帽子を取って、ジョアンに向かって軽く会釈をした。それは彼女もよく知っている、おなじみの顔、バーナードだった。彼は、不気味なほどの笑顔で、ジョアンを見つめていた。

「いったいこれはどういうこと。あなた方は、いったい何をしようとしているの」

ジョアンは、驚いたりびくびくしてばかりはいなかった。この頃になると、しっかりとした気力がみなぎってものおじしなく、毅然とした態度になっていた。

「下手な演技だったけど、びっくりさせるには十分だったみたいだねぇ」

そう言ったあと、ギリアン婦人は、キースから受け取った人工的に造られたスズメバチを手の中で、じっくりと眺めていた。

「夕べ一晩かけて造ったんですよ。さすがキースとフォッグは若いだけあって、すごいですよ。難なくやってしまいましたからね」

バーナードは、彼らの功績をほめたたえた。

「いったいなんのこと、私はそんなの知らないわよ！」

ジョアンは、仁王立ちになって言った。少しでも弱味を見せまいとする、つまりか・・・・らいばりだった。

「そうは思わないね。ミス・ジョアン」

ギリアン婦人は彼女に向きなおった。

「この人はね、あなたがあの千手ヶ浜でフライフィッシング、さかんにやり続けているところを見てるんだよ。その後方には、黒っぽい服装に身を包んだ、どこかの誰かが、必ずいた。この人は、その様子をスケッチに残してるの。ま、そうは言っても、スケッチなんかたいして動かぬ証拠にはならないだろうけどね」

ギリアン婦人の言い方は、どこかなげやりに聞こえる。しかし本人は、いたってまじめに取り組んでいるのだ。バーナードにすれば、なんでも言いたいことをズケズケ言うギリアン婦人に、あんなこと言われて、苦い気持ちになっていた。

「何を言ってるのか、わからないわ」

ひねくれたような調子でジョアンは言うと、近くからイスを引っぱってきて、どっかと腰を下ろし、タバコを吸い始めた。

「ミス・ジョアン。あなた、タバコを吸うの？　知らなかった」

ギリアン婦人が、彼女のそばにきて、小さな声で言った。

「あんたは、頭のいい女だ。わざと動じないように見せているのか、なんだか知らないけど、私はじらされるのが嫌いでね、白黒はっきりさせたいのよ。それにね、私は共犯者という言い方も気に入らないんだ。だからあんたと、同じ目的に立っている人と言うことにするよ。さっきも言ったように、あんたがフライフィッシングにあけくれている時、必ず影になっていてくれた人が来ないのは、どうしてだろうね」

「影になってくれていたですって？　なんなのそれ、亡霊ってことかしら」

ジョアン・ベッシィは、勢いよくタバコのけむりを吐き出した。

「そんな存在だったのかもしれないねえ。ビル・ゲラー、この人はあんたの血族だと見たよ。まさか偽名じゃないだろうね。それよりミス・ジョアンのほうかな。それはさておき、だけどよく考えついたねえ、スズメバチを使うなんて、これはおそらくビル・ゲラー氏の考えだと思うけど、そんなこと、女には考えられないだろうからね」

ギリアン婦人は、相手が何も言わないことに、さらにどんどん言葉を続けた。

「うまいこと、ガリスさんが死んでよかったね、ミス・ジョアン。彼の後釜に納まりたかったたから?」

どうだ、図星だろう、というように、ギリアン婦人は彼女をジロリと見た。

「後釜ですって!? はっきり言うけど、違うわ! でも結果的にはこうなってしまったけど、私が望んでいたことじゃないわよ!」

ジョアンは怒って言った。

「でも、殺したいほど、にくんでいたことは確かなんでしょう」

彼女は、何も反応を示さなかった。

「あんたも、度胸がいいね。もっともそうでなくちゃ、こんな真似できっこないだろうけどね」

ギリアン婦人の言い方が、変わってきたことを、他のみんなは感じていた。彼らは、しばらくの間、ギリアン婦人が相手を責めぬく様子を見守ることにしていた。

「あんたはいったい何者。誰なのよ、私をおどかしたりズケズケ物を言ったり」

ジョアンは、ギリアン婦人に向きなおった。

「私は、ロス警察の刑事、ギリアンよ。今頃そんなこと言うとはおかしいね、とっくに下調べがついてると思ってたけど」

「ああ、そうだった。忘れてただけよ。だけど私が何をしたって言うの」

彼女も負けてはいなかった。

「今、再現したところをあんたも見たでしょう、そして驚いたでしょう。スズメバチを見て、あのスズメバチが高い所にいて作業をしていたガリスさんの位置と、飛びまわっているスズメバチとの位置関係が、かなりいい具合に接近していたために、ガリスさんは、首を刺され命を落とすことになった、ということさ。手の込んだ計画だったね、ミス・ジョアン。今、再現してもらったことは、あんたに課せられた、あんたの役目だった。うまくいくように、何度も、あんたは練習をしなくてはならなかった。かなりの数をこなしたんだろうねえ、湖の岸に犠牲になったスズメバチの死がいが浮かんでいたよ。あの小さな窓から一発で括りつけられたスズメバチを投げ入れなくてはならなかったんだものねえ。これを手でつかんで投げ入れるなんてことは到底無理なこと。あの方法がこちらにしても一番安全なやり方だったんだろうね。ビル・ゲラー氏としては、かなり困難なことだったと思うけど思いをとげたあと、そのスズメバチは、用ずみとなって、捨てられたということだね、穴を開けられて。

千手ヶ浜の桟橋の近くで波間に浮かんでいたのを見たからね。ハチを飼育していたとはねえ、恐れいったわ——だけど、これはあくまで私の考えだからね、このことについてだけ謝っておくよ。ごめん」

ギリアン婦人は、わざとぶっきらぼうに言った。ジョアンは、なかなか気丈な女だった。ギリアン婦人は、事実に加え、思いつくかぎりのことを言ったのだったが、彼女は、すさまじい勢いで反逆するようなことはなかった。

「ところで、私がコンテナの中を見せてくれと言ったことがあったのをまだ覚えていると思うけど、私は、すでにもうあんたが、今やってみてもらった同様のことをして目的をとげたと確信していたんだよ。それで、あとは邪魔になった釣り道具その他をどうしたのか考えた時、この建物の裏に物置小屋があることを知った。作業員との話でそこにはコンテナが置いてあることを聞いた。ガリスさんの恐竜をその中にほうりこんであるという話だったからね。レプリカだからそれができたんだろうがね。そこで私は思ったのさ、これはいい隠し場所だとは思えないと。ゴチャゴチャした物の中にしまいこんでしまえば、わからないかもしれない。コンテナなんて、人間一人ぐらいの力では、ビクともしない、たとえ誰かが忍びこんでも、開けることは無理だと。しかし、二人の者が必死でかかればどうなるだろうか」

ギリアン婦人は両腕を胸の所でがっちりと組んで、ジョアンの前を、行ったり来たりしながら話した。

「ギリアン婦人の言うとおりよ。父は私の話を聞くと、びっくりしていたわ。そして、釣り竿をどうしたのだと聞いた。本当にそんな所に隠したのかって。私はそれをどうしたのか教えてやった。メチャクチャに折って紙袋に入れて、小さくして、自分のバッグの中に押しこんで、持って帰ったわ。そして、『かつら山荘』のごみと一緒に、まるめて捨てたのよ。そう言ったら、父は、安心したように、小さくうなずいたわ」

ジョアンは、思いのほか素直に答えた。

「ところで、ミス・ジョアン。ウインスロウ夫妻のこと、話を聞かせてもらいたいんだけどね」

「ウインスロウ夫妻のこと？　なんで私にそんなこと聞くの」

ジョアンは、キッとなってギリアン婦人に怒りの目を向けた。タバコの火はもうすっかり消えていた。

「まぁ、そう怒らないで。何か知ってるかなと思ってね。タバコ吸うの忘れたのかな」

「何も知らないわよ」

ギリアン婦人に言われて、ハッとして指を見た。かろうじて火は消えていた。タバコを吸って強がっていたのが、バレてしまった。

「それはわかってるつもりだけど、最近、あのパティさんのことが気になってね。以前とは全然服装が違うのよ。優雅なドレスから、活動的な服に変わったとなると、誰が見ても、これは何かあるに違いないと、考えるでしょう」

「そうかしら、それはむしろ当然じゃない。本来ならばそういう活動的な格好で来るべき所なんだから、あなた方みたいにね」

ジョアン・ベッシィは、そう言うと足を組んだ。それは彼女の言うことが正しい。

「だけど、人の考えはそれぞれ違うからね。ホテルにいりびたりなほうを選んだのだとしたら、活動的な格好をすることもないだろうしね。だけどね、あのパティさんは、どちらにも通用する服をお持ちだった。そして後半には、すっかり活動的な服ですごされていたようですよ。そこで思うんだけど、あの人は、何かを一人で探りだそうと自分なりに一生けんめいだったんではないかと勘ぐってみたんだけどね」

ギリアン婦人はチラリと、強がりをみせている女を一瞥した。

「どうして、私にそんな話するのよ。彼女の服装が変わったというだけで、何かを探るために一生けんめいだったですって!?　だったらそうなんじゃないの。私がとやかく言うことじゃないはずよ。まったく刑事というのは、変な職業だこと。何かがいつもと少しでも違うと、すぐに妙な考えをするんだから。第一、あの人のご主人たら目が見えないというじゃないの。目が見えないのに、なんで旅行なんかするのよ。私だったらしないわ。家でおとなしくしているわよ、絶対に！」

ジョアン・ベッシィは、腹の中のものを全て吐き出すような調子で言いまくった。

「あんたの言うことは、きっと正しいのだと思う。だけど、あの人はあんたじゃない、あんたのような強さはもっていないと感じてる。あんたにはできることでも、パティさんには無理なのよ。そこで、考えてみようと思うんだけど、あんたにはできないがパティさんならできる、いや、言い方を変えよう。パティさんじゃなくてはできないこと、といったほうがいいね。それは何か？　今あんたが言ったことに他ならないと思う。目の見えない旦那を連れてなぜ旅行になんか来たのか。あんたなら絶対にしない、そうあんたは言った」

「そうよ、それがどうしたっていうのよ」

「まぁそう、イライラしなさんな。ここはよく探ってみる必要があるところかもしれないからね」

　感慨深げにギリアン婦人が言った。

「ミス・ジョアン・ベッシィ、あんたはウインスロウ夫妻とどんなことを話したの」

「私が彼らと話したかって？　いいえ、何にも、ただの一言だって話したことはないわ。誓ってもいいわ。といっても、施設の中で霧に閉じ込められた時だけ口をきいたわ、それだけ」

　ツンツンした調子でベッシィは言った。

「なるほど。ま、それは素直に受け入れておくことにしようか」

「本当だってば！」

　彼女は、言葉を荒げた。

「だけど、私もあんたの意見に賛成だね。目が見えてこその旅行だと思うからね。ご主人のウインスロウ氏は何か思いをもって、ここに来た。来なければならない理由があった。手となり足となり、目や耳となってくれる夫人の同伴が必要だった。それだけ対する思いは強いものだった。と考えられる」

「何の思いなの」

ジョアン・ベッシィが眉を寄せながら聞いた。

「何だと思う?」

「ふざけないでよ、私が聞いたのに」

仏頂面した彼女は言った。

「ギリアン婦人、話してもいいかね」

バーナードが手を上げて言った。今まで彼はだまって二人の話に耳をかたむけていたのだ。

「ええ、もちろんよ。意見のある人はどんどん話してちょうだい」

「ありがとう、ギリアン婦人。私が思いついたことといえば、ウインスロウ夫妻は、ここからあまり遠くへは行っていないんじゃないでしょうか。我々のたいがい目につく所にいますよ。私の思いすごしかもしれませんけどね。ですが今こうして自分達のまわりの人達に目を向けてみて、そう思ったんです。ただそれだけです」

彼の話しぶりが、あっけなかったので、みんなは拍子抜けしてしまった。

「ありがとう、バーナードさん。まだ今は何ともいえませんけど、心にとどめておくことにしましょう。みんなも忘れないようにしてね」

太い声が命令のように聞こえたので、フォッグが急いでポケットから手帖を出してペンを走らせた。

「パティさんもたいへんね、あんな目の不自由なご主人の言うことを聞いて、旅行をしているんだもの、ああいうのを献身的な妻というのね」

アデールが感想を言うと、すかさずカレンが反論した。

「私は嫌だわ。どんな理由があったにしても、私はパティさんのような生き方はごめんだわ」

強い自己主張のようだった。たしかにカレンなら、不具の夫を支えて生きるなんてことはできないかもしれない。キースとフォッグは、同じように感じていた。バーナードは、うすら笑いを浮かべながら、顎をなでていた。

「そのウインスロウさんだけど、彼はいつから目が見えなくなったものなのかしらねえ、バーナードさんか老教授のどちらか、何か聞いていることはありませんか」

ギリアン婦人の言葉が意外だというような顔で、みんなは見つめあった。

バーナードが、ギリアン婦人の質問に答えるように言った。

「老教授は、ここにはおられないので、彼が知ってるかどうか、ということはわかりませんが、私は一度も聞いたことはありませんねえ。ご期待に沿えなくて申し訳ないが」

「いえ、いいんですよ」

婦人は機械的に言った。

この時、ギリアン婦人は思った。もう、やめにしようと思っていたのに、私ったら、まだ続きをやってるじゃないの。それほど未練があるなんて、考えたくもないけど。でも、バーナードさんの新たな話は、妙に興味が引かれた。やめようと思ってもやめられないのなら最後まで、かかわってみることにしようか。どうせ乗りかかった船なのだから。でも、まだ役者が足りない。

ビル・ゲラーとウインスロウ夫妻、の三人にもどうしても加わってもらう必要がある。ギリアン婦人を始めとするみんなの興味と好奇心を満足させるために。

「みんな、聞いてちょうだい。全編ひも解くのはこれだけでは無理があるわ。わかると思うけど、少なからずかかわりを持つ人達がここには不足しているということよ。だから、宿に戻ろうと決めました。なのでミス・ジョアン、あんたも来てほしいんだけど」

「しかたがないわ、嫌だといっても納得してくれないんでしょう。ちょうど二十分後にバスが来るわ。今からここを出れば間に合うんじゃないの」

ミス・ジョアン・ベッシィが間髪入れずに言った。それから一行は施設を出て、バスの発着所に向かった。

キースとフォッグの二人は、自分達の部屋へ行ってから、すぐに老教授を訪ねた。老教授は、ベッドに入って寝ていたが、彼らのドアを叩く音で無理に起こされてしまったといった感じだった。老教授は驚いてとび起きると、キースとフォッグが、覆い被さるようにして見つめていた。

「何だね、いったいどうした、何かあったのか?」

起きぬけに老教授は言った。

「せっかくお休みになっていたところ、起こしてすみません」

キースとフォッグはギリアン婦人の発案を老教授に伝えた。そのときどこかで何かの騒ぎが起こったとみえて、鋭い女性の悲鳴に似た声とどなるような声とが混合して、こちらにも聞こえてきた。

「何なんだ、今のは、どこから聞こえてきたんだ」

「何と騒がしいことだ。この宿のどこかの部屋かな」

老教授がベッドから降りて急いで上衣を着ながら言った。キースは素早く窓辺に行き、原因をさぐろうと外をのぞきこんだのだった。

「しゃくなげ山荘」と「かつら荘」の境を決める場所にウラジロモミの木が列をなして立っている。その木の陰に隠れるようにしながら、バーナードは「かつら荘」の様子を窺っていたのだ。

キースは、窓を少し開けてバーナードを呼んだ。すると彼は、声のしたほうに振り向いて、それがキースだとわかると、指で自分の口を押さえ、静かに！というサインを示してから、手を大きく振りあげて今度はこちらへ来い！という合図をしたのだった。

「今、バーナードさんから合図がありました。何事か起きている所はどうやらお隣の『かつら荘』らしいですよ。ぼくとフォッグは、バーナードさんの所に行きます。老教授は」

と、言いかけて、キースはだまった。

「ああ、わかっとるよ。最後まで言わんでよろしい。私はギリアン婦人の所に行くことにするさ。なにか話でも聞けそうだな」

「ギリアン婦人の所にはカレンとアデールもいますから、きっと歓迎してくれますよ」

「いったいこんな所で何してるんですか、バーナードさん」

キースとフォッグは、駆けつけると、バーナードに聞いた。

「なるほど、なるほど、そういうことか、私の見当も外れてはいないということになるかもしれんな」

バーナードは、一人でブツブツ言いながら、満足げにうなずいて、さらににやけた顔をしていた。

「いったい何なんですか。ぼく達を呼んでおいて、何も話してはくれないんですか、バーナードさん」

キースがバーナードの顔をにらみつけた。

「わかったよ。話してやるさ。だがここではないよ、みんなのいる所でだ。さ、行こう」

ちょうどこの時、ギリアン婦人も窓から外を見ていたのだった。彼女はバーナードがウラジロモミの近くで「かつら荘」のほうを気にしながら立っていたのを見て知っていた。彼は今、キースとフォッグを伴って、こちらに戻ってくるところだった。だが、彼女が窓を離れようとしたときだった。

向こうに枝を大きく広げたシラカバの大木が復雑に枝分かれをして雄々しく立っているそのそばに、ウインスロウ夫妻が隠れるようにして「かつら荘」の建物を見ているのが目に入った。あんな所で何をしているのだろう？　あの人達は誰にも見られていないと思っているのだろうか。ギリアン婦人には丸見えなのだ。パティは彼女が見ていることをまるで気がついていないようだ。そのとき、パティがいきなり向きを変えるとウインスロウをその場においたまま走り出した。だが、そこでバーナードがいきなり振り返って、パティのほうを見たのだ。キースもフォッグも振り返った。彼女がこの三人を呼びとめたのだった。

ギリアン婦人は、この様子を見ながら、ただ何かを思いつめていた。そんな顔つきをしていたのだ。

「ギリアン婦人、どうかして？」

アデールがそばに寄ってくると、窓の外を自然に目をやったがもうそのときは、誰の姿もなかった。だが、少しすると、パティが舞い戻ってきて、ウインスロウの待つ所に行った。二人はそこで長いこと立ち止まっていた。

ギリアン婦人の部屋にノックがあって、バーナードとキース、フォッグの三人がやってきた。カレンとアデールそれに老教授が先に来ていた。

「パティ夫人と何を話していたんですか、バーナードさん」

ギリアン婦人はさっそくバーナードに質問を突きつけた。

「よくご存じで、ああなるほど」

バーナードは、チラリと真向かいの窓に目をやった。自分の部屋も同じつくりなので、外の景色が思いのほかよく眺められるのだ。バーナードは、即座に理解を示した。

「話をしていたのではなくて、話を聞かされていたんです」

「聞かされていた？　話してくれますか」

「ええ、そりゃ、もちろんですとも。『かつら荘』での騒ぎをご存じだと思いますが」

「いいえ、知らないわ、『かつら荘』で騒ぎがあったって、どんな？　あなたは知ってるの」

ギリアン婦人は、目を瞬かせながら尋ねた。

「ちょっと効果的に話をしましょうか。ある男が何かに気をとられていて思わず転びそうになった。そのとき、手に持っていたカバンを放してしまい、留め金が外れて口が開いてしまいそうになったんだそうです。そこへすかさず手を差し伸べ、中身が飛び出すのを未然に防いだ女性がいたおかげで事なきを得たという話でした。ところで、そのある男というのはビル・ゲラー氏でして、手を差し伸べた女性は、ご存じミス・ジョアン・ベッシィだったということですよ」

感嘆の声と疑問に思う意見などが交じりあい、しばしは話が中断されていた。バーナードは、「かつら荘」の内部で発生したこの珍事件を目撃していたので、パティ夫人の言うことがすぐにのみこめた。そのあとキースとフォッグが走り出てきたのだったがこのときは、もう終わって二人は見ていない。

「それと、こんなことも言ってましたね。ミス・ジョアン・ベッシィは、あの施設の天井をチラチラ見上げていたのが妙に気になるっていうんです。このことは、以前からなにやら気になっていたようでした。このことは、今度の騒動を見ていて、パティ夫人が思い出したことなんだそうでして、私を見かけたので話しておいたほうがいいだろうと考えて、私を見つけると急いでかけ寄ってきて話してくれたんです」

バーナードは、話しどおしだったので、ここで話すのを一旦止めて、気づかれずに呼吸を整えた。みんなは、何かを言いあうだけで、まともな意見を出す者はいなかった。ふたたび、バーナードが言った。みんなの視線は彼に注がれた。

「実は、私もこのことには注意して見ていたことなんです。謎の男に変装して釣り糸をあの施設に投げこんだとき、なんとなく、答えが見えてきたように思ったんです。私はほぼ毎日、あそこへ行ってましたからねえ。天井から床まで、はては外のコンテナなんかも実によく観察しましたよ」

鼻の頭をなでつけるようなしぐさをしながらバーナードは言った。

「きっとミス・ジョアン・ベッシィから嫌われていたと思うわよ」

カレンは、含み笑いをもらした。

「多分ね、だが気にしませんよ。私は旅行記作家だから、こういった施設を書くときには、間違いがないように、よく見ておく必要があるんだと、よく言っておきましたからね」

「まともに受けとってくれたとは思えないわねぇ」

カレンが皮肉を言って笑った。

「でも、パティ夫人がどうしてそんなに関心があるのかちょっと気になるわね」

アデールが、たいした考えもなしに言った。

「ウインスロウさんは目が見えないのだし、彼が指示を出しているとは思えないわ」

カレンが言った。

「いや、そうともかぎるまい。夫人が見たことを夫のウインスロウ氏に事細かに説明していればね」

バーナードが、カレンを見て言った。

「あれであの二人は一人前ってとこか」

フォッグが、わかったような調子で言った。

「どうもウインスロウ夫妻は、観光目的で来ているようには思えないところがありますよね」

キースがみんなをそれぞれ見て言った。そのことは以前からみんなの心にあったことだった。

「何かを感じるの、キース」

ギリアン婦人が言った。

「何か別の目的があって、ここに来た、だとしたら何だろう。いったい」

フォッグが感慨深げに首を曲げ腕を組んだ。

「そんなに気になるんだったら直接聞いてみたら?」

カレンが茶化して言った。

一日中どんよりとした空で、時間の感覚がつかめない、朝のような感じがしていた。十一時をすぎていたのか、気づかなかった。時計を見なかったし、気にもかけていなかったのだ。

ギリアン婦人はこの日、ウインスロウ夫妻と、会うことにしたのだった。同じ旅行者としての身であることから、また同じ宿に宿泊しているということもあって、特別な予約などはいらないだろうという思いから、いきなりの訪問だった。ドアをノックして、少しすると、パティ夫人が姿を見せた。ギリアン婦人を見て、非常に驚いた顔をしていた。

「こんにちは、パティさん、突然お訪ねしてすみません。驚かすつもりはございません。今日は、ご主人にお会いしたくてやってまいりました。そう、申し伝えて下さいますか」

ギリアン婦人にとって、こんなややこしい言葉など使ったことがないので、あやうく舌をかみそうになるところだった。パティは、こまった様子で、ドアを開けたまま、もじもじしていたが、中から声がして、入っていただいたらいいよ、と、ウインスロウの言うのが聞こえた。

「どうぞ」

小さな声で、パティはギリアン婦人を中へ入れ、ドアを閉めた。部屋の中は、入れたてのコーヒーのいい香りがしていた。ウインスロウは、きちんと髪と服装を整えて、イスに腰を下ろし、両手をひざの上に置いていた。パティは、やはり同じような活動的な服装をして、夫と隣り合わせに座った。

ギリアン婦人は、ウインスロウの見えない目を、チラリと窺うと、示されたイスに腰を下ろした。

「さて、ギリアン婦人、どんなご用向きでお訪ね下さったのですか」

ウインスロウは、客が座ったことを確認したと思うと、やわらかく落ち着いた声で言った。

「ウインスロウさん、パティさん、今日私が伺いましたのは、お二人にいささか失礼な質問をさせていただくつもりなのでして、そのことにつきましては、私も覚悟をしてまいりました。火花が散るかもしれません」

ギリアン婦人は、こう言うと微笑んだが不気味に思えた。

「覚悟とか、火花とか、いったい何ですの」

パティにしてみれば、当然の質問なのだった。

「どうぞなんでもお話し下さってけっこうです。火花を散らすのもけっこう、時には、対話も情熱的に語りあいたいものです。私としては、久方振りです。こんな時間を持てるということは。ところで、覚悟を決めておいでになられたと伺ったが、どういうことなのでしょう」

「では、ご好意にあまんじまして、率直にまいります。私としましては、ご不自由な目で観光旅行というのは、どうも腑に落ちないというのが私の思うところでして、奥様のほうは、まったく問題にはなりませんが、しかし、そのご主人を同伴されてとなると、いささかの疑問が生じましてね。せっかくの観光も、目に映るものがないとなると、旅行をされている意味がないのではないかと、私などは思ってしまうのですよ」

ギリアン婦人としては、これが精いっぱいの言葉使いだった。あまり使いなれない言葉を使って、話の内容がこんがらがってしまっては、元も子もないことを彼女はよく心得ていた。

「たしかに健常者にとってみればそのような考えにとらわれることと思います。だがご心配は無用です。家内が教えてくれます。私には良き理解者ですよ。迷惑ばかりをかけることも少なくありません。むしろそのほうが日常的なことです。ですから私は家内に頭が上がりません。おかげで迷惑をこうむっているかもしれませんな」

そう言って、ウインスロウは低い声で笑った。彼は続けた。

「家内がいろいろ説明してくれますことを、私は心眼でみるのです。すると、鮮明に悩裏に浮かぶのです。それはいつまでも頭の中から消えることはありません」

「心眼という言葉を時々聞きますが、それはいささか無理なこと、なかなか心で景色を楽しむというわけにはいきますまい」

ギリアン婦人は、なにも嫌みをこめて言ったわけではない。いかにも盲人の人の言いそうなことに、好感が持てなくて、つい思っていたことを、出してしまったのだ。ウインスロウの顔に、険しさが現れた。今にもグッと目を開けて、こちらをにらみつけるのではないかとさえ思われた。だが彼はすぐにおだやかな表情に戻った。

「おっしゃるとおり、なかなか苦しいものです。ですが無理にでも想像することにしているんです。つまり努力です」

ギリアン婦人は、すっかり興味をなくしたように、あちこちに視線を向けていた。そして最後に視線はパティに向けられた。

「パティさん、あなたがなぜいつまでもそのような服装でおられるのか、私はぜひ知りたいところですね。つまりあなたは、ガリスさんの事故を疑ってらっしゃる、それをご自分で調べようとなさっておられるのではないのですか」

ギリアン婦人は、このあと片手でいきなり頭をかいた。それは、今の自分の言ったことはなにか違うような感じを受けたからだった。途中で言葉を切って、なんでもありませんでした、とはとても分が悪い。

そうしながらパティと目が合った。彼女は、射すくめられたように身を縮めたまま、どうしたらいいのかしどろもどろになっていた。

「パティさん、ガリスさんの死を、どのように考えておられるのか、お聞かせいただけますか」

ギリアン婦人は、失敗をおそれなかった。このまま突き進むしかない。

「パティ、話してあげたらいいさ。この方は知りたがっておられるのだから、なにもかもだ」

ウインスロウはパティのほうに顔を向けると、見えない目を動かして彼女を導いた。彼が聡明な人物なのでギリアン婦人はホッとしていた。

「私は主人のような寛大な気持ちにはなれませんわ。今では人を信じるまでにとても時間がかかりますの。たとえお顔を存じていても」

パティは大胆な発言をしながら顔を紅潮させていた。これは、盲目の夫に代わって、万一の場合には、夫の盾にならなくてはならないという考えが彼女の心の奥底にあったのかもしれない。

「たいへんぶしつけで失礼しました。私のことはすでにご存じかと思いましたので、こんな態度でご無礼しました。では改めまして、私は警察官なんです。ロス警察の私も人並みに休暇をとれる身分になりましたもんで、あこがれていたこの地にようやく来ることができたんです」

パティは特に驚くこともなく、いたって平然として聞いていた。

「やはり、そうでしたか」

こう言ったのは、ウインスロウだった。この言葉は周囲の人達も特に妻を驚かせることになった。

「お話の態度にどことなく、威厳を感じていましたよ。私の思いに間違いがなかったようだ」

ウインスロウは満足げな笑いを浮かべていた。

「あなた、この方がどんな態度をされていたかなんて見えていないのに、よくわかったわね」

パティは、夫の言葉じりをつかんで、少しキツイ調子で言った。ギリアン婦人は、このパティという女は、見かけよりは、ずっと頑丈で、芯の強い女なのかもしれないと、新たに印象を持った。

「見えるとも。これこそが心眼というやつですよ。様子を感じるのは、特別なことではありません。あなた方がかもし出す雰囲気、つまり気配なんです」

落ち着いた調子でウインスロウは言った。

「なるほど、わかるような気がします」

ギリアン婦人は、不審そうな目でウインスロウを見つめた。

「今の私には大体がわかりますよ。健常者には理解しにくいことでしょうがね。おかげで、カンが鋭くなりましたよ」

ウインスロウは、笑った。

ギリアン婦人は、盲目の人物との対話は、いいしれない緊張を伴った。それにもましてこの聡明な盲目の紳士は、盲人とはどういった感覚をもって物や人を見ているものなのかを、科学的に説明しようとするのだ。こんなことは彼女は苦手だった。しかし、何が起こるかわからない世の中だ。もしかすると頭のいい盲目の集団が完全犯罪などをやらかさないともかぎらないではないか。いや、こんなバカなこと現実にはありえない。

「ギリアン婦人、お話しいたしましょう」

ハッと彼女は我に返って、鋭い表情をパティに向けた。ああ、そうだった。忘れていた。ガリスの死について聞こうとしていたのだった。奇妙な考えをしていて、あらぬ方向へ気持ちが飛んでいってしまっていたことに、彼女は、気づかれないように苦笑した。

「私は、順序立てて話すのは得意ではありません。どうかそのあたりのことはご理解いただかなくてはなりませんわ」

哀願するようにパティはギリアン婦人を見た。彼女は、だまってうなずいた。

「私が初めてあの環境施設に行ったとき、ミス・ジョアンが、じっと天井を見上げていたことがありました。私はそのとき不思議なほど直感で、何かがある！と思いました」

彼女はよほどこのことが強く印象に残っていたとみえてまず、それから話を始めた。

「このことはバーナードさんにも話したと思いますわ。それで、もちろんその時はガリスさんがお亡くなりになったことは、あの人の良さそうなデューラーさんから伺っていましたので、存じてました。ですが私は、ミス・ジョアンに対して直感が働いたのです。人は何に興味を示すかわかりませんものですが、でもこの時だけは、彼女、何かおかしいと思ったのでした。それから後、いろいろなうわさを耳にしますと、もしやミス・ジョアンは、ガリスさんが死んだことに対する何かを知っているのではないかしらと、思えてきたのです。

こう見えても、私にも時には好奇心がうずくものでして、ミス・ジョアンとお友達になって、うまくいけば、そのことを聞くことができるかもしれないと考えたのです。主人に話すと、あまりいい返事どころか、なんだか乗り気にならないようでしたが、でも最後には私と一緒に来てくれると言ってくれました。そうしましたところ、あのような深い霧に閉じこめられるようなことになってしまったのでした」

ギリアン婦人は、ホッとため息をついた。あの霧の日のことなら、ギリアン婦人も忘れはしなかった。

「でも人の考えなんて、めまぐるしく変わるものですわ」

この言葉は、すでに気持ちの変化を思わせるものだった。

「あなた方は、もしやガリスさんという方をすでにご存じだったのではありませんか。私の言う意味おわかりになりますか。深い意味がこめられているんですけどね」

ギリアン婦人が言った。すると、パティの表情が変わった。ヴインスロウも、見えない目を伏せてみたり、不意打ちをくって、逃げ場を失った小動物のようにかすかにおどおどした様子を傍目にはわからないにしてもギリアン婦人にはそれを認めることができた。

パティは助けを求めるような素振りで夫を見た。しかし、ウインスロウには、その様子がわかるはずもない。パティは不満げに夫をにらんだ。ウインスロウの口が動いたのだ。

彼は言った。

「ギリアン婦人、妻がしどろもどろになるのには、訳があるのです」

パティは、夫の横顔を見つめた。ウインスロウは、それに答えるように、黙って、自分の手を妻の手と重ねて、うなずいた。

「私が代わって話してもよろしいですかな」

ウインスロウが言った。どうぞと、ギリアン婦人は言った。

「ありがとうギリアン婦人。私達がここに来た目的をお話ししようと思う。あなたがたとえ刑事であろうと何であろうと、私達には恐れる理由は何もないのですからな」

意味不明とも言える言葉を吐いたあと、彼は本題に入っていった。

「私の話をお聞きになれば、家内のとった行動も、おのずとご理解いただけるものと、信じております」

「わかりました。伺いましょう」

「私は十三年前までは、この両の目は健在でした。ウェイン・ヒルズ教授、というのが私の本当の名前です。ガリス・ストーン博士とは同業者でしてな」

ギリアン婦人は、ぐっと落ち着いたもので、にらみつけたまま、その態度をくずさなかった。

「ある時、ガリス君は恐竜を組み立てておりました。大きな頭蓋骨が最後に骨格全体に収まるところでした。しかしどんなに注意をしていても、事故というものは起こるもので、彼の操作に一寸の狂いが生じた時、私はその真下にいました。大きな恐竜は私めがけてくずれてきたのです。私の視力は闇の中に葬られました」

ここで彼の話はとぎれた。その時のことでも思い出しているのだろうと、ギリアン婦人は考えていた。やがて、彼はふたたび口を開いた。

「ウインスロウ・レイと名乗って、家内と共に復讐をしてやろうと、こうして、彼のいる所を目指して、旅に出たのです。ガリス・ストーンは野心を持った男で、古生物学の世界では、少し名の知れた男で博士号もとったばかりでした。彼は、自分の名を知らしめようと、連日のようにレポートを提出したり、印象づけようとして精力的に動いていた。

その頃自分で恐竜も発掘し、それを自分の手で組み立てることとなったガリス・ストーンは、すっかり有頂天になり、鼻高々とウインチにまたがったのだった。その時の総責任者であり指揮官であった私は、初めての参加で、ウインチを動かすのは少し早すぎやしないかと、副責任者の男に話を持ちかけた。どんなものにも、見習い期間は必要だからね――。

しかし、このあと緊急な用事が入ってきて、その男は現場から離れていってしまったので、その話はそれで打ち切りとなってしまった。だが、彼は、私と男とかわした話を聞いていた。注意深く組み立てが始まった。ある時、上にいるガリス・ストーンと目と目が合った時、私は正直言って、ギクッとしたことを覚えてる。あの目は、悪魔の目だ。私を蹴落として、上位に就こうとする悪のこもった目の色だった。直感的に私は感じとった。これは油断はできないと」

彼の言葉はまたとぎれた。だがそれは聴く者には劇的な表現になっていた。

「彼の性格は、あまりいいとは聞いていない。逆上すると、何も見えなくなってしまうというし、我が強いのだという。

だがガリス・ストーンは、私と目が合うと、急にニッコリとして言葉たくみにウインチの下に私を呼びよせたのだ。私は彼の魔力に引きこまれるように言われたようにそこに立って、上を見上げた。あの男は、笑いを変えたのだ。今のやさしい微笑みではなく、あれは危険な微笑みだった。彼の手が動いた。私の頭上に。バラバラと恐竜が倒れてきた。人が呼ぶ声が遠のき意識が遠のいていった。気がつくと、病院のベッドにいた。目は二度と見ることを失い、私は闇の中に閉ざされてしまった。その呪いの闇の中にあの男の醜く笑った顔が刻印されてしまった。

それ以来私の心は彼に復讐することだけを支えとして生きてきたといってもいいすぎではなかった。だが、今度の一件で、私は気持ちを新たにすることできたようです。もちろん少しずつですがね。数々の人達と交わり助けられ、慈悲の心にふれあっていくうちに、次第に考えが変わってきたのです。やられたから、やってかえす。そう誓って生きてきましたからね。これが今までの私でした。だがこれでは私は不幸です。家内までも巻き込んでしまう。そのことにやっと気づくことができました。

もう復讐はやめよう。家内と話しあいました。私がやらなくても野心をもった者は必ずいつかほろびるのだ。我々に代わって鉄槌を下してくれるものだということを、旅の最終章で学んだことは、生涯忘れることはないでしょう。私を闇に葬ったも同じことをした彼は、それが彼の運命であったのです。そしてそれは私にも同じように言えることです。自分の志した地位まで登りつめ、早々と散ってしまった。が彼にとってそれでよかったのだと思っている。私の心の中に、強さと誠実さが生まれたのです」

ウインスロウの長い話は終わった。彼は、ことのほか生き生きとしてみえた。

「そうお気づきになられた、あなたは、たいへん立派です」

ギリアン婦人は、あえてこれ以上のことは話さないことに決めていた。最後に、ウインスロウは言った。

「今日は無理でも、明日の今頃には、すでにここを発っているでしょう。あなたにお会いできて、よかった」

パティはギリアン婦人を見ると、控え目な微笑を見せた。

ジョアンは「かつら荘」の自分の部屋に帰ってきた。ベッドの上に身を投げ出し、天井を眺めながら、しばらくぼんやりとしていた。起き上がって、彼女は、部屋を出て、すぐ脇隣の部屋のドアをノックした。中からは返事もなく、鍵もかかっていた。ジョアンは、考えごとでもするかのように、腕を組みじっとドアを見つめていたが、妙な胸騒ぎがするのを感じていた。彼女は、とって返しフロントに行き、この部屋の住人はどこへ行ったか知らないか聞いてみた。

「おお、ミス・ジョアン！　それがたいへんなことになりまして、このお部屋のお客様は入院されたのですよ！」

「えっ入院!?　病院はどこ!?」

ジョアンは、青くなって叫んだ。あわてて外に出ると、「しゃくなげ山荘」の入口に立っているギリアン婦人の姿が見えた。ジョアンは、届くかぎりの声を出した。何事かと、不審顔のギリアン婦人が顔をのぞかせた。

「ギリアン婦人、これから何かご用はおありですか」

ジョアンは、あえぎあえぎ言った。

「別に、何も」

ごく自然に彼女を見ていたが、そのうちただならぬ雰囲気を感じとったギリアン婦人は感情をむき出しにして叫ぶミス・ジョアン・ベッシィの話を聞いた。

「よかった！　ビル・ゲラーがたいへんなんです！　入院したんです！　来ていただけますか、私と！」

胸の奥で激しく何かに突き動かされるまま、ギリアン婦人は、すぐさま返事をしながら動き出していた。

「誰が何したって？」

相変わらずのぶっきらぼうぶりだ。

「私にもまだよくわからないんです。今、フロントの人が教えてくれたんです。私一人じゃ、なんだか、他に誰も頼る人がいないんです」

「うん、わかった。じゃ案内して！」

「山荘の人が車で送ってくれるって言ってます」

「よかった！」

病院は、くねくねと曲がりに曲がった坂道をすぎて、四〇分ほどかかった少し高台にあった。二人は、山荘の車を返し、そのまま病院にとどまった。訳を話し、病室に入った。顔や手に包帯をして、無様な恰好でビル・ゲラーはベッドに寝ていた。

ギリアン婦人は、彼の顔を真上から眺めた。すると、急に閉じていたまぶたが開いて、うわ言のように何か言った。

「よかった、話せるんだね」

ギリアン婦人が言った。

「ジョー、いてくれたかい。こんなことになって、すまないと思ってるよ」

彼女の愛称で彼は呼んだ。

「いったいどうしてこんなことになったの？　話せるんでしょう！　さあ、みんな言うのよ、ビル・ゲラー！」

ジョアンは、容赦はしなかった。怒ったように尻をたたき、白状させようとした。

「わかったよ。今言うよ。あの手紙が入ってたので、読んだんだ。バーナード？　はて、誰だったかな？　よく思い出せないな。だけど、来いと言ってるから行くつもりでいたんだ。『しゃくなげ山荘』でいっぱいやろうってな、なにしろ足元が妙にフラついてしまって、こんな所に運ばれなくたって私は大丈夫なのに、まったくおおげさな連中なんだから」

「また酔ってたのね！　大方転んで崖かどこかに落ちたんでしょう。見つけてくれた人がいたからよかったものの、そうじゃなきゃ死んでたわね、そうなんでしょう、え？　父さん！」

ビル・ゲラーが話す前に、ジョアンは、まるで見ていたかのようにペラペラとしゃべりまくった。すると彼は、ジロリと彼女を見て、

「まあ、そうポンポン言うな、そのとおりさ。ちょっとだけすりむいただけの話じゃないか、それをおおげさにこんな所に連れてきて、――あ、あ、あなたは」

やっと気がついたらしく、ビル・ゲラーはジョアンに言った。

「こちらはね、ギリアン婦人、ロス警――」

ギリアン婦人は、そこで彼女の言葉をさえぎった。こんな病人に、驚かしをかけたくないと考えたのだ。

「ああ、知ってるよ。『しゃくなげ山荘』に泊まっているギリアン婦人ですな」

婦人はだまってうなずいた。

「私が、頼んで、一緒に来てもらったの、お礼を言ってよね」

ジョアンがわざと仏頂面をして言った。

「ああ、そうだったんですか。ありがとう。ジョー、心細い思いをさせてすまなかったな。許してくれ、お前にはいろいろと迷惑をかけてきた、と思ってる。これからは、お前のためにだけけんめいに働くことにしよう」

ビル・ゲラーが言い終わってまもなく、ジョアンは、一歩、彼のベッドに近づいてこう言った。

「どうして私達がここに来たのか、そのことを話してやってよ。このギリアン婦人に」

すると、ビル・ゲラーの目が白い包帯の中から、見つめていた。驚いているのだ。突然のことだから――、とギリアン婦人は思っていた。

「私、この人に恩があるのよ、それを返せるとしたら、今、言ったことを、包み隠さず話してしまうこと、だと思うの。ビル・ゲラー、どういうことなのかわかるでしょう」

ジョアンは詰め寄った。

「その呼び方はよせ。もう終わったんだ、そうだろうジョー」

諭すようにビル・ゲラーは言った。

彼が話を始めるのを待った。

「ジョーがまだ幼かった頃、といっても、六つか七つといったところだ。私と妻と三人で、車に乗っていた。私が運転していた」

話はいきなり始まった。のでギリアン婦人は、注意を向けた。

「聞いているかね、ギリアン婦人」

ビル・ゲラーは言った。

「ええ、ちゃんと聞いていますよ」

ギリアン婦人は言った。

「だが、それから不幸にも事故に遭ってしまったんだ。なんのことはない、酔っぱらって運転した相手の車に衝突されたんだ。妻は、重症だった。娘は、目の上を切って、血を流しながら、泣き叫ぶ。まだ娘は子供だった。私は胸を強く打って、おまけに肋骨を折って重症だった。これを手助けしてくれたのは見知らぬ男性で、それはそれはよく動いてくれた。

救急車の手配、泣き叫ぶ娘をなだめ、かいがいしく世話を焼いてくれた。神様が我々をお助け下さっているのかと、思うばかりだった。私達は、心から感謝をした。

それから私達三人は、無事にケガも治りまともに仕事につけるようになった。

ところが悪魔は突然やってきたのだ。あの男は神様などではなかった。神のような顔をした、残酷な悪魔だった。元気になった私達の所にやってきて、今まで世話を焼いた分として、法外な報酬を要求してきたのだった。仰天して腰を抜かさんばかりに驚いた。あの男は悪魔だ。あの笑った形相に、同情の欠片も見えなかった。あの男は、私達が金づるだと考えていたようだ。元はといえばあの事故も、この男の計略によるものだったのではないのかとさえ、勘ぐってしまうこともあった」

ビル・ゲラーは声を詰まらせた。ジョアンは、打ちひしがれたように黙ってうつむいていた。

「それでお金は払ったのですか」

ギリアン婦人が同情をこめたように言った。ビル・ゲラーはうなずいたあと、

「私の持っているもの全部をお金にかえて、男にやった。そうするしかなかった。だけど、助けてもらったことは事実だから、私もそれ以前に、心からのお礼はしなくてはならないだろうと考えてはいたことだが――、しかし、私達には想定外の金額だったので、こっそり調べるとその金は、自分を学者へと導くための資金だったと、知って、ふたたび驚いたのだ。自分の志を高めても、こちらとしては、地獄の苦しみを味

わわなければならない。妻は、症状が悪化して、ついに死亡してしまった。

その時から、私はあの男をこらしめてやらなくては気がすまなくなった。私達の他にも、同じような地獄の苦しみにさいなまれている人々が、もしやいるかもしれない。私の勝手な妄想かもしれんが、私は復讐を誓ったのだ。娘は、おばに育てられたも同然だった。どうやったら、自然に見える殺し方ができるだろうと、毎日考えていた。そしてやっとこの方法を見つけることができた時には、私は感極まって思わず泣いた。スズメバチを使うことだった」

ビル・ゲラーの目に、うっすらと涙がにじんだ。

「あの男とは？　もちろん名前はあるんでしょうね」

「あるとも！　今言ってやる、ガリス・ストーン。またの名を悪魔の男だ」

ビル・ゲラーは言った。

その時、ドアに軽いノックがあったので、彼女はドアを開けた。そこにいたのは、思いがけない人物だった。

「まぁ、パティさん、どうしてここに？」

ジョアン・ベッシィは、疑り深い目で夫人を見つめた。

「宿がお隣同士でしょう。それに誰かが救急車で病院に運ばれたという話でもちきりでしたので、それがビル・ゲラーさんだと知って、たいそう驚きまして、どのようなご様子なのかお見舞いにまいったんですの。それで、いかがですの」

パティの顔は本当に心配そうな青ざめた少しひきつった表情をしてジョアンを見つめて言った。

「ええ、意識もしっかりしていますし、命にかかわるようなことはありませんわ。わざわざ来ていただいてありがとうございます。お入り下さい」

ジョアン・ベッシィは数歩下がってパティを中に招きいれるとドアを閉めた。彼女は、ベッドに近づくとパティが来たことを告げた。

「なに、本当かね。まさかパティさんが、ウインスロウさんも一緒かね」

と驚きながらも尋ねることを忘れなかった。

「いえ、私だけですわ。ビル・ゲラーさん、一目ご様子を伺いたくてこうしてやってきてしまいましたわ。こんなところは、人に見られたくないことだとわかっていますけど、でも、誰にも言いませんわ」

パティは口ごもりながら顔を下に向けていた。その時、ベッドの毛布が動いて、いつもの声が聞こえてきた。

「なあに、かまいはしません。もともと人に好かれるような風貌はしておりませんでね」

ビル・ゲラーは、こう言うと声がとぎれた。だが何かを言おうとしていることは、なんとなく顔が動いているので読みとることができた。

「何か、おっしゃりたいのですか、ビル・ゲラーさん」

たまらなくなってパティは尋ねた。この日、やってきたパティは、いつもの活動的な服装ではなく以前に着ていた、優雅なドレス姿だった。そのせいか彼女は落ち着いて、上品に見えた。

「パティさんが最後に言った言葉を私は忘れることができないのですよ。―夫が目を覚まして私がいなかったとなれば、きっと心細い思いをするかもしれない。もう今ではなんでもできるのだけれど、でもやっぱり私がそばにいてやらないと、もし万が一ケガでもしたら、たいへんですものね―。そう言ってパティさんは急いで宿のほうに向かっていかれた。

私はあなたのその姿を見ながら自然と思いにかられました。なんとあわれな言葉だろう。ご主人はともかく、眠った、やれ起きたで、いちいち気を使ってたら、夫人のほうがまいってしまうだろうに。心が安まるときがあるまいよ。視力を失った男なんか、手も足も出ないまるで赤ん坊と同じじゃないか。

パティさんは、あの時、言いましたな。目の見える人と話がしてみたかったって。よくわかりますよ。時には思いきりハメを外して動きまわりたいと思うのではなかろうかと、あの言葉は、それを物語っているように私には思えましたよ。違っていたのなら、許して下さい。何も自分の気持ちを語らず、表情などおくびにも出さず、ただもくもくとご主人のそばを離れない。他人にすがることもしない、微笑をもって夫に尽くすその心は、海のようにおだやかではあるまい。うわべだけの笑顔にみんなはごまかされているのだ。誰も彼女の本心をわかりあおうとはしない。夫が盲目でもこうして旅行をしているのだから、二人はきっと裕福なのに違いない。それよりももっと汚らわしい考えを持つやからもいるかもしれない。

これは演技なのだ。パティ夫人は悲しみをこらえて必死で演技をしているのがみんなにはわからないのだ。笑顔で話しているパティ夫人の心の奥底にはどんな感情が渦まいているのか知るべきなのだ！」

ビル・ゲラーは、つい感情的になり声を荒げた。

「ビル・ゲラーさん、私達のことをおわかり下さっていたのですね。痛みいりますわ。でも、もうそのくらいでやめていただきたいですわ」

パティは、顔を赤らめながらおずおずと言った。服装というものは、人をすっかり変えてしまうほどの威力を持っていようとは、夫人の話し方やしぐさなどをまじまじと間近に見て、ビル・ゲラーは感心していた。またそれがパティにはとてもよく似合っていると感じてもいたのだった。ビル・ゲラーはふたたび口を開いた。

「熱による単なるうわ言だとお思い下さい。あなたが盲目のご主人を連れてなぜ旅行になどやってきたのだろうか。私は人ごとながらとても不思議な気持ちになりました。そこから、私の憶測は広がっていったのです。顔が死んでいる、表情がとぼしい、笑いがない、といったことは、あなた方を見ればわかります。心から楽しんでいるとは到底思えない。別な言い方をすれば、表情が固く、おびえている、ようにも思える。そこで私が思い浮かんだことは、とっぴな思いつきですが、まさか、誰かの目をおそれているのか、あるいは誰かの姿を捜しているのか、そしてさらに、その誰かに過去に受けた苦難を、そっくり受けつがそうとしているのではないのだろうか、そんな考えを持ったのでした」

パティは、ビル・ゲラーの言った言葉の意味が、彼女の表情をくもらせた。ビル・ゲラーは、わざと回りくどい言い方をして言葉による圧力をやわらげようとしていたのだった。パティには、彼の気配りが身にしみて感じていた。彼女の目頭には、涙がにじみ出ていた。

「ビル・ゲラーさん、あなた人の心の痛みがよくおわかりになる方なのですね。今のお話で私の心はどんなに豊かな気持ちになったことか、到底おわかりいただけないと思いますわ。今なら何でも話せると思いますわ。十三年前は、夫も目も見えていて、元気に恐竜の発掘に頑張っていました」

「え、何とおっしゃいました？　ご主人が恐竜を発掘していたですって？」

「そうです。夫は古生物学者でした。名前も今名乗っているウインスロウではございません。ウェイン・ヒルズ教授というのが本当の名前なのです」

「そうでしたか、こうして名前を隠さなくてはならないとは、お聞きしただけで苦難の一途が窺えますすな」

「あなたはご存じかどうかわかりませんが、ガリスさんは、ガリス・ストーン博士という、これも古生物学者という立派な肩書きを持っているのですわ」

「なんと、ご主人と同じご職業。それであの施設に恐竜の組み立てをしていたというわけなんですね、なるほど」

　感慨深げな声音がビル・ゲラーの口からもれた。

「ガリス・ストーンは同業者でした。彼は夫といつも一緒でした。恥ずかしながら申し上げますと、夫のほうがいつも人目につき、賞賛され、人気があったのです。といいましても、特別なことは何もしていないのですが、どういうわけかいつもそうなのでした。ですが、ガリス・ストーンの心の内では、嫉妬が渦をまいていたことを私も夫も知りませんでした。

　ある時、ある博物館でガリス・ストーンと恐竜の組み立てをすることが決まりました。とても大がかりなもので、夫がその中心になって責任を任されることになりました。全ての骨組みが終わって、あとは頭だけを組み立てれば全てが完成という段階になって、その役をガリス・ストーンが受け持ったのです。彼は大きくて頑丈なウインチの上に乗っていました。夫はその下で、手を動かしながらの合図を送りながら、恐竜の頭を、ゆっくり静かに慎重に降下させていきました。最後の瞬間ですので、頭がピッタリとはまったときの劇的な瞬間は、涙が出るほどの感動ですわ。それを私も味わいたいと思い、見学していました。その瞬間を待ちながら。ところがここでまさかの事態が起こってしまったのです」

「まさかの事態ですって!?」

「想像してみて下さい、ビル・ゲラーさん。おそらくあなたの頭の中に描かれていることは間違いのないものでありましょう。だって一つしかないのですから」

　ビル・ゲラーは想像していた。というよりも、パティがクライマックスを話したとたん、それは彼の頭の中にパッと広がったのだった。それは嫌な映像だった。あの大きな恐竜の頭が、下にいたウインスロウをめがけて真っすぐに落下した映像だった。ビル・ゲラーは思わず目をつぶり、同時に怒りを覚えた。ビル・ゲラーは、全てを理解した。ウインスロウの目はそのとき視力を失ったのだ。

そして、ここに来たのはガリス・ストーンに思い知らせてやろうという目的があったのだ、と、少なくともビル・ゲラーはそのように理解したのだった。たとえどこかが違っていたとしても、たいした違いはないだろうと、彼は納得させていた。ふたたびパティの心細げな声がビル・ゲラーの耳に入ってきた。

「視力を失った夫と私は、復讐してやろうという大それた考えはありませんでしたが気持ちは当然ありました。ですがご覧のとおりの身体では、何もすることなどできなかったのです。しかしながら、いろいろな意見をかわすうち、彼の行く所へはどこへでも私達は行って、姿を見せつけてやろう。これならば何の道具を使うわけでもないのですから、視力を失ってでも私が付いていればできますわ。夫は、最高の策だと言ってとても喜んでいたのです。ガリス・ストーンの目につく所にいれば、精神的に彼を追いこめる。それが私達の復讐でした」

「なるほど、そういう手がありましたか。うまいこと考えつきましたな。たしかに精神的に打ちのめされてしまえば、やがてはノイローゼになって、死に至るなんてことにもなるやもしれませんからな」

ビル・ゲラーは、心の中で大拍手を送っていた。

「ところが、こちらにまいりまして、いろいろと情報を集めていましたときに、ガリス・ストーンは、あっさりと死んでしまったんですわ。その死因がなんと、スズメバチに刺された毒が回ってあっけなく死んでしまったということでしたわ。こんなことってあるかしら、私達は、たちまち拍子抜けしてしまいました。なんだか夢でもみているような、ぼんやりとしてしまいました」

「いつの頃からか、パティさんは服装が変わりましたな。同時にとても活動的になられたように思える。どういった心境の変化なのです」

「それは、あの施設の天井にあったちょっとした傷とそれをミス・ジョアン・ベッシィが何度か見上げていたところが気になったものですから、それに、ガリス・ストーンが死んだことで急に人の動きが微妙な雰囲気を持って、あの二つの宿を取り囲んでいることに気がついたのです」

それでパティはあのような活動的な服に着がえて自分なりに調べていたのだな、とビル・ゲラーは考えた。

「何かおわかりになりましたか」

「いいえ。何もわかりませんでした。わかりましたのはみなさんご親切な方達ばかりということでした。私には他に自由気ままに胸の内にあるものを話すような親しい人はどなたもおりませんでしょう。ですから、私がどんなに動いたとしても、調べようがないのです。それで、私達はこう判断することに決めたのです。とにかく、目指す相手はもうこの世にいなくなってしまったのだから、私達の目的は期せずして終わったと考えようということでした」

パティは、決別したように顔を輝かせて、窓ぎわに立っている、ミス・ジョアン・ベッシィに微笑みかけていた。彼女は、ビル・ゲラーにもミス・ジョアン・ベッシィにも二人がこの病室にいるのになんの疑いも持とうとせず、質問さえもしなかった。前もって、わかっているといったように。

このことが、ミス・ジョアン・ベッシィの気持ちをイラつかせた。彼女は、今度は自分が代わって話をすると言って、その用意を整えるかのように、少し体を動かした。それは、パティを驚かせた。

「父と私は、明らかな復讐でした。父がいつも持ち歩いていた大きくて頑丈そうな黒いカバンを、ご覧になったことはありませんか」

「さあ、どうでしたかしら、ごめんなさい。よく覚えていませんわ」

パティは顔を赤らめおずおずと謝った。

「いいんですのよ。もうお忘れになって下さったほうがこちらとしても都合がいいのですもの。スズメバチの幼虫をあの中で飼育していたんです」

さらりと、彼女は言ってのけた。

「えっ、あのカバンの中で!? まぁ」

パティは、言葉を失っていた。

「それを、釣り糸に括りつけて、あの施設の天井を飛びまわらせたんです。そのときにうっすらと釣り糸をすべらせたときに傷がついてしまったんですわ。気にすればよくわかるんですけど、気にしなければ見えないと思うんです。そこにはガリスがいました。期日がいきなり六ヶ月から二週間に短縮されたことで焦っていたから、スズメバチなんかに気をとられている間はなかったんですよ。それが狙いでした。大体二週間でできっこないんですから」

そう言うと、いきなりミス・ジョアン・ベッシィは笑いだした。そしてひとしきり笑いがすむと、復讐心むき出しの表情になって、彼女は夢中に話にのめりこんでいくのだった。

「父は、もうだいぶ話し疲れたと思いますので代わって私が話しますわ」

このあとの話は、ギリアン婦人が聞いたことと、ほぼ同じ内容といってよかった。

「パティさん、こんなひどい話ってあると思いますか。母はやがて落胆して、亡くなりました。あいつのせいだと私は確信を曲げないのです。そこで父と私はガリスに、復讐をとげたのです。とてもうまくいきましたのでびっくりしているくらいですわ」

フン、と最後に彼女は鼻をならして、しめくくった。

「最後に私はこのざまです。あいつのしかえしかもしれんですな」

ビル・ゲラーは力のない声で笑った。

「お見舞いに伺ったつもりが、打ち明け話で終わってしまったようですわ」

パティも同じような調子で言った。ギリアン婦人は、腕を組んだままじっと前方の壁を見つめていた。


ギリアン婦人は、がっくりとうなだれた。おおよその見当はついていたのだが、ウインスロウ夫妻の場合と、ビル・ゲラー親子との間には思わぬ共通点があったのだ。

その後、ギリアン婦人は出ていったと思わせて、少しのくぼみに体を隠した。

「ジョー、お前には世話をかけたな。これからはもうお前は自由だ。束縛するものは何もなくなった。何をしようと、どこへ行こうと、思ったとおりのことをやればいいさ。お前の時間を大切にしてくれ」

ビル・ゲラーは、慈愛のこもった目で娘を見つめた。

「あまりに自由がありすぎて、何をしたらいいのかわからないといいたいけど、これからもずっと続けたいと考えてることがあるの。あのガリス・ストーンが、その後の計画やら企画やらをこの私に任せたのよ。私が誰なのかを知らないでね」

娘は、してやったりといった目つきをして父を見た。その目は笑っていた。

「好きにするがいいさ」

ビル・ゲラーは、幸福な気持ちにひたりながら、目を閉じやがて眠りにおちた。

バーナードは、ジョアン・ベッシィの背後から呼びとめた。

「何かご用ですか、バーナードさん」

振り向いたミス・ジョアン・ベッシィの顔には、なんの表情もなかった。

「今日は、ごきげんななめかな。そんな顔を見るのは、初めてだな。あの施設にいたときのあんたは、生き生きとして、希望を叶えられて実に嬉しそうにいつも笑ってた」

にくまれ口を言われても彼女は、憮然としたままバーナードを見ていた。反逆するだろうという予想を外れたバーナードは少々面食らいながら、話を続けた。

「よけいなことを言って悪かったと思う。ただ、少し確かめたいことがあってね、ほら、あの施設で私が不可解な男に変装して、君がしたようなことをやってみせたんだよと、言ったことを覚えていると思うんだ。そのことを確かめようと思ったのさ」

「それで」

彼女は冷たく言うと外の景色を眺めていた。

「あんたは、本当にスズメバチを釣り糸に括りつけてガリスの頭の上を、飛びまわらせたのかい」

「なによ今さら、天井の丸太の傷を見たでしょう。あまり目立つものではないけど、でも、その気になって見ればけっこう目につくものよ」

「うん、なるほどね。あのパティさんにも気がつくほどだったんだからね。いや、どうにも信じられなくてね。ところで、ここには、ガリスに復讐しようとした人達が集まった、というわけだね。あんたとウインスロウ夫妻、それぞれ立派な理由があった。あんたとビル・ゲラーに、それはできたけど、ウインスロウ夫妻には無理だと思うんだが、どうするつもりだったのだろう」

バーナードは、いかにも考えるそぶりをしてみせた。

「あの人は、ただ姿を見せて、ガリスの精神面に訴えてズタズタにしてやろうと考えたんだわ」

「なるほど、そういう手もあったとは」

「パティさんはどうしたら思いをとげられるか、ほんとに悩んで考えたんだと思うわ。あの人はご主人だけを頼りにするような、そんな弱い人じゃないわ。最初こそ優雅に思えたけど途中から活動的になって、あちこち姿を見せていたもの。

父が酔っぱらってあの人のテーブルにつまずいて彼女の服を汚してしまったことがあったのよ。弁償すると父が言っても、彼女は断わった。そのことが縁につながったみたいで、それとなく言うのよ。面と向かってではなく、いかにも景色を楽しんでいるような様子をみせながら、声は高からず低からず小鳥のようなさえずりにさえ聞こえたわ。ハイキングですれ違う人達にも、何を言っているのかわからないっていうことなの。うまく考えたわよ」

「あんたの話を聞いていると、パティさんは、秘密を共有しようとしていたということだな」

「それをいうなら復讐だと思うわ」

「そうだったね。あんたもぬかったな。あんたとビル・ゲラー氏が牧場のレストランでなにやら意味ありげな打ち合わせをしているところは、私も見せてもらったよ、きっとパティさんもどこかで見ていたんだろうよ」

「あなたが見ていた？　そうね、今さらもうどうでもいいことよ」

「いや、そうは思わないな、まさかあんたはそれを承知で見せてたのか？　千手ヶ浜でのフライフィッシングの練習、あんたの背後には森があってそこに姿を隠したビル・ゲラーが釣り糸にスズメバチを括りつけてそいつをあんたに手渡す。あんたは、それを釣りの要領で湖の中に投げこむ。ただがむしゃらに投げこむのではなく。一定の規定の高さを考えて、投げ続けるという具合にね。終われば釣り糸をチョンと切って湖に落とす。それでおしまい。あの彼のバカでかい黒くて頑丈そうなカバンだが、あんなものは一刻も早く処分したほうがいい。何も知らない世間がとびつく前に。それと、もう一つ教えてほしいことがある。ガリス・ストーンの任期が、六ヶ月からいきなり二週間になったことは、本当のことだったのかな」

　するとジョアン・ベッシィは、体をななめ向きの状態でバーナードを見つめながら、意味ありげにつぶやいた。

「ご想像にまかせるわ」

「ええ？」

バーナードは、きょとんとした顔をして部屋を出て行くジョアン・ベッシィを見つめていた。部屋に戻ったバーナードは、今までたまりにたまったメモや雑読、その他の切り抜きなどをテーブルの上に所狭しととりちらかしていた。

これらのものを、分類別に区分けするには、も一つ、アイデアが出なくて悩んでいた。バーナードは、それらの資料をそのままにして立ち上がると、窓の外に広がる森を眺めた。改めて眺めると、森とはこんなにも雄々しく美しい存在であったことに新鮮な驚きを覚えていた。

今回の旅で経験したことを、どのように取り扱えばいいのか考えあぐねた。最初は単なるスズメバチによる死亡事故だと考えていた、しかし、そこには妙に納得できないものがたずさわった人達の間にあった。それが、今では、復讐事件にたどり着いたということになるのだ。ギリアン婦人はどのように考えるだろうか。わざわざ聞く必要もないだろう。

「しゃくなげ山荘」の前で老教授とあの元気な生きのいい四人の若者達が、明るい笑い声を立てていた。フォッグが、婦人を見て手を振った。

「ギリアン婦人！」

他の人達もみんな笑顔でこちらを見ていた。足元には荷物が置かれていた。

「おや、みなさんどちらへ行かれるんです」

ギリアン婦人は、目を白黒させた。

「ぼく達は、これから帰るんです。それでタクシーを待ってるんですよ」

キースは、嬉しさを隠しきれないといったようにはずんでいた。

「ねえ、ギリアン婦人、私達と一緒に行きませんか」

カレンの表情も輝いていた。旅行は楽しいけど、やっぱり我が家へ帰るのが一番嬉しいのだ。彼らの表情を見ていると、それが如実に表れていたのだ。一人、間にはさまり老教授は彼らの若さに押しつぶされそうになっていた。

「私は彼らの重荷になりそうですよ。私はいったい何をしにここへ来たものか、病気になりに来たようなものです。まったく彼らには頭が上がりませんよ。それと、あなたにもですよ。ギリアン婦人」

老教授は、やさしい笑顔をみせながら握手を求めた。

「お世話になりましたな、ギリアン婦人。本当に親切にして下さった。あなたはやさしい女性だ。私にはわかります。どちらへお帰りになるのかわかりませんが、今度どこかで偶然お会いした時は、ぜひ、ディナーをご一緒していただきたいですな、ギリアン婦人」

「ええ、ぜひ」

握手には、強い力と、やさしさがこめられていた。ギリアン婦人は、それを感じた。

「あ、タクシーが来たわ！」

カレンが言った。

タクシーは二台連なってやってきた。全員が乗った。窓からたくさんの手が出て、それがゆれた。さよならの声が重なって、――ギリアン婦人の視界から消えていった。

急に静寂が戻った。

突然、冷気を含んだ風が足元を、通りすぎていった。すみきった空には、いわし雲が続いていた。ここはもう秋なのだ。

完

著者プロフィール

氷鉋 恵子（ひがの けいこ）

栃木県在住。

危険教育

2020年７月15日　初版第１刷発行

著　者　氷鉋 恵子
発行者　瓜谷 綱延
発行所　株式会社文芸社
〒160-0022　東京都新宿区新宿１－10－１
電話　03-5369-3060（代表）
03-5369-2299（販売）

印　刷　株式会社文芸社
製本所　株式会社MOTOMURA

ISBN978-4-286-21673-7